LA SCHIAVA DEI CYBORG

PROGRAMMA SPOSE INTERSTELLARI: LA COLONIA - 1

GRACE GOODWIN

La schiava dei cyborg

Copyright © 2019 by Grace Goodwin

Tutti i diritti riservati. Nessuna parte di questo libro può essere riprodotta o trasmessa in qualsiasi forma o modo, elettronico o meccanico, incluse fotografie, registrazioni o per mezzo di altri sistemi di archiviazione e recupero, senza il permesso scritto dell'editore.

Pubblicato da KSA Publishing Consultants Inc.
www.gracegoodwin.com
Goodwin, Grace

La schiava dei cyborg
Titolo originale English: Surrender to the Cyborgs

Progettazione di copertina di KSA Publishers 2019
Immagini di Period Images; Deposit Photos: yuriyzhuravov, Angela_Harburn

Questo libro è adatto a *soli adulti*. Le violenze corporali e le attività sessuali rappresentate in questo libro sono opere di pura fantasia e concepite per lettori adulti.

ISCRIVITI ALLA NEWSLETTER

Iscriviti alla mia mailing list per essere il primo a sapere di nuove uscite, libri gratuiti, prezzi speciali e altri omaggi di autori.

http://ksapublishers.com/s/bw

1

Rachel Pierce, Centro Elaborazione Programma Spose Interstellari

"Non puoi sfuggirci." A sussurrarmi nell'orecchio era una rauca voce maschile. La stanza era buia, quasi nera come la notte, e io non riuscivo a vederlo in faccia, ma il tono della sua voce mi eccitò. Avrei dovuto essere spaventata, terrorizzata, eppure il mio corpo si inarcò sul letto. Lo desideravo. E mi ero bagnata. Tremavo per il desiderio.

Strattonai le cinghie che mi bloccavano i polsi, delle manette indistruttibili che mi tenevano le braccia legate al di sopra della testa. Mi stringevano, ma senza farmi male. Si assicuravano che restassi lì, prigioniera, ma illesa. Le cinghie non avevano il minimo giogo, ma il soffice sostegno del materasso sotto la mia schiena era confortante. E confortanti erano le mani callose che mi massaggiavano la pelle accalorata, che mi stringevano i miei seni esposti, l'interno delle mie cosce spalancate, il nudo monte che vi era in mezzo.

"La nostra piccola prigioniera."

Quella voce mi fece bloccare. La *seconda* voce. Non c'era un unico uomo nel letto con me, ma due. Due paia di mani.

"Ah!" gridai sentendo dei piccoli morsi erotici che mi provocarono un feroce accesso di dolore sulla punta dei capezzoli. Due bocche.

Non potevo vedere le loro facce, ma potevo sentire le loro mani, i loro respiri affannosi, il loro calore, il loro odore speziato.

"Voglio toccarvi," dissi io leccandomi le labbra secche. Strattonai un'altra volta le cinghie, ma non c'era niente da fare. Non avevo bisogno di vederli per sapere che erano grossi, molto più grossi di me. Avevano grandi mani che mi avvolgevano il ventre, che facevano sembrare i miei seni minuscoli, che mi afferravano le ginocchia e me le tenevano spalancate così che il mio corpo fosse aperto e pronto per i loro desideri.

Avrei dovuto andare nel panico, perché anche se non conoscevo questi uomini, eppure li *conoscevo*, mi facevano sentire al sicuro. Abbastanza al sicuro da lasciarmi legare al letto e abbandonarmi alla loro mercé.

Prima d'ora, il bondage non mi era mai piaciuto. Nemmeno un giochetto perverso gettato lì casualmente durante una notte di sesso selvaggio. Le mie esperienze sessuali spaziavano tra le palpatine alle superiori alle una botta-e-via-grazie-e-arrivederci.

Ma questo era qualcosa di completamente diverso… e mi piaceva.

Mi piaceva il peso delle manette attorno ai miei polsi. Mi piaceva il modo in cui la corda non avesse giogo. Mi piaceva il modo in cui questi due uomini mi stavano toccando, eccitandomi in modi che non avevo mai conosciuto prima d'ora. E mi stavano soltanto toccando.

Quando una mano si affondò in mezzo alle mie cosce, inarcai una schiena e spinsi i fianchi verso il suo tocco. "È grondante. Ti piace cedere il controllo."

Prima non lo sapevo nemmeno io: erano stati questi due a farmelo sapere. Diamine, sì.

Gemetti sentendo le dita che mi massaggiavano le pieghe della mia carne, che mi massaggiavano il clitoride, ritraendo il cappuccio protettivo per... oh, cazzo. Il suo fiato caldo.

La sua bocca si chiuse sul mio clitoride e io gridai scalciando senza volerlo. Mi mise le mani sulle cosce per tenermi spalancata, esposta, disponibile.

Non potevo fare niente, potevo solo fare quello che volevano loro. E accettare quello che mi davano.

"Prima verrai, e poi ti scoperemo."

Ah, a me andava benissimo. "Sì," dissi emettendo un gemito ansimante all'uomo che mi stava leccando la fica.

L'altro mi stava leccando e succhiando i capezzoli, prima uno e poi l'altro. Sentii la sua barba che mi raschiava la pelle, i peli morbidi che mi facevano il solletico risvegliando tutte le mie terminazioni nervose. "Lo senti, non è vero? Il nostro bisogno, il tuo bisogno, che cresce sempre di più. I collari ci uniscono, ci fanno condividere tutto il piacere che proviamo."

Sentii il peso di qualcosa che mi avvolgeva il collo, sentii l'intenso desiderio dei due uomini, la loro voglia di dominare, la mia sottomissione – il tutto turbinava attorno a noi come una vibrante aura rossa. Non ero mai stata così bagnata ed eccitata in tutta la mia vita.

Stavo per venire. Non c'era modo di impedirlo. Avevo delle manette attorno ai polsi, ma erano le loro attenzioni ad intrappolarmi. La mia fica si gonfiò e cominciò a pulsare, e così il mio clitoride. Mi si inturgidirono i capezzoli.

"Sì, sto per... devo, proprio lì... un altro po' – no!"

Gli uomini sapevano che stavo per venire e non solamente grazie al mio farfugliamento o dal modo in cui il mio corpo tremava. Erano quei dannati collari. Sapevano che sarebbe bastata un'altra leccata sul mio clitoride, un altro morso sui miei capezzoli, e mi sarei arresa al più intenso degli orgasmi.

Invece, mi ritrovai sudata e bisognosa, gli occhi pieni di lacrime. Il mio corpo era come elettrizzato dal bisogno. Sarebbe bastato un tocco leggero nel posto giusto e sarei venuta.

L'uomo vicino alla mia testa si mosse per distendersi al mio fianco, e io sentii la sua asta dura che mi premeva contro la carne. Delle mani mi afferrarono per la vita e mi fecero rovesciare posizionandomi in cima a lui. Avevo le braccia sempre legate al di sopra della testa, al di sopra di lui. Se mi fossi piegata in avanti anche solo di un paio di centimetri, di certo avrei potuto baciarlo. Mossi le gambe per mettermi comoda e lo cavalcai. I miei seni si strusciarono contro i peli morbidi del suo petto. La mia pelle umida scivolò facilmente su di lui. Ero poggiata sul suo cazzo, e la mia fica, sentendosi spalancare, lo rivestì con i suoi umori. I nostri respiri si intrecciarono, eppure ancora non riuscivo a vederlo.

"Ti prego," lo implorai, agitando i fianchi per farmi penetrare fino in fondo. Avevo bisogno di essere penetrata. Non ci avevo mai pensato prima d'ora, e se questo faceva di me una troia bella e buona, non me ne importava. Avevo bisogno del suo cazzo.

Una mano mi colpì il sedere, e il dolore mi sorprese. Faceva male, ma il dolore si trasformò in altro piacere, e io sussultai, e quindi gemetti.

"Decidiamo noi come," disse l'uomo dietro di me.

"Decidiamo noi quando," proseguì l'uomo sotto di me.

Una mano mi afferrò il sedere dolorane e mi spalancò le natiche. Un dito duro e unto, cosparso con qualcosa di freddo, si infilò dentro di me, trovando la mia entrata posteriore, disegnando un cerchietto, spingendosi dentro.

Quel dito mi fece ansimare e bloccare. Mi cosparse di lubrificante, ungendomi per bene.

"Sei pronta per i nostri cazzi, compagna? Sei pronta a diventare nostra per sempre?" L'uomo dietro di me mi parlava in modo gentile, senza però smettere di prepararmi il culo per... oh, Dio. *I nostri cazzi. Per sempre.*

Sì. Ero pronta. Ero più che pronta. Il tempo non esisteva, esisteva solo la sensazione del suo dito che mi penetrava, mi allargava, la sensazione del corpo tonico e muscoloso sotto di me. Delle mani mi accarezzarono la schiena, i fianchi, i capelli.

"È pronta."

Ero pronta già da un pezzo, ma non l'avevo detto. Temevo che mi sculacciassero di nuovo. Erano loro quelli in controllo, e quindi mi ero morsa la lingua.

Li sentii muoversi, sentii il fruscio dei loro gesti, mentre mi sollevavano così da sistemarmi il cazzo che avevo sotto di me contro la fica. *Sì!* Mossi i fianchi provando ad abbassarmi, ma lui non me lo avrebbe permesso. Lo capii quando sentii il cazzo dell'altro uomo che spingeva contro la mia entrata posteriore. Volevano prendermi insieme.

Insieme. Non uno dopo l'altro. Non mi avrebbero messo un cazzo nella fica e uno un bocca. Insieme. Doppia penetrazione.

Cominciai ad andare nel panico, ma allo stesso tempo mi sentii investita da una sensazione di estrema eccitazione. Sentii i desideri dei due uomini mescolarsi al mio attraverso il collare, e il panico si affievolì, soffocato da un bisogno quasi meccanico.

"Vi prego," li implorai sentendo i loro cazzi contro il mio corpo. Quello vicino alla mia fica mi penetrò facilmente, il suono bagnato della mia eccitazione era tanto forte quanto i nostri respiri. Con un unico movimento, mi penetrò fino in fondo. Gemette. Io gemetti. Dio, ce l'aveva grosso. Tozzo. Duro. Così a fondo, cazzo.

"Sto per venire."

Era così. Mi avevano preparata così bene che stavo cominciando a tremare.

"Non ancora. Quando sarai nostra, quando avrai preso entrambi i nostri cazzi: solo allora saremo veramente uniti. Solo allora verrai reclamata." L'uomo dietro di me mi parlò all'orecchio, mentre si spingeva in avanti, la grossa punta del suo cazzo mi aprì lentamente. Il mio corpo resistette a malapena. Forse era il lubrificante, oppure la sua persistenza, ma io ero convinta che fossero i collari che ci collegavano che riuscirono a farmi rilassare, espirare, arrendermi. Volevano che mi sottomettessi, e quest'atto rappresentava la sottomissione ultima.

Non potevo fare altro che prendere tutto quello che avevano da farmi.

Più che il secondo cazzo che mi penetrò fu la consapevolezza a farmi venire con un grido. Mi sentivo così piena, così aperta. Esposta. Vulnerabile eppure potente.

Quel piacere era troppo. Ero veramente imprigionata, imprigionata non solo dai legacci, ma dai cazzi che ci univano tutti e tre. Eravamo un'unica entità.

Quando sentii il fiotto caldo del loro seme, gridai di nuovo, e poi di nuovo ancora.

"Signorina Pierce!" La voce si ripeté e una mano mi scosse per la spalla. "La smetta di gridare, la prego.

Ero un relitto, sentivo le mie mani legate, sapevo che era reale.

"Rachel!"

No, non era reale. La voce che urlava era quella di una donna, non era il profondo ruglio di nessuno dei miei due uomini.

Sbattei le palpebre una volta, due. Una forte luce filtrò attraversò le mie palpebre chiuse, riempiendomi gli occhi di un rosso scuro e profondo, incapace di rinnegare la fastidiosa voce della donna, o la mano troppo piccola che ora mi stringeva la spalla.

Cazzo. Non c'erano uomini. Niente mani, niente bocche, niente cazzi. Ma *di certo* c'era stato un orgasmo. Ero sudata e riuscivo ancora a sentirne il calore, il piacere che mi attraversava il corpo. La mia fica si contrasse e pulsò attorno al... nulla. E così il mio sedere. Vuoto. Il risultato bagnato della mia eccitazione mi faceva scivolare sulla strana sedia sulla quale ero seduta. Era come se mi avessero legata, nuda, nello studio del dentista.

Avevo le mani legate, ma non erano i legacci degli uomini, e non ero distesa su un letto morbido. No. Ero legata a una sedia per i test all'interno del Centro Elaborazione Spose Interstellari. Gli uomini non erano nient'altro che un sono, il frutto della mia immaginazione a secco di sesso. Non ero stata con un uomo da un mucchio di tempo. Da più di un anno.

Apparentemente, il mio corpo era andato da zero a orgasmo nel giro di cinque secondi. Ma era stato così bello, così eccitante, intenso....

"Signorina Pierce. Ho bisogno che mi guardi." Quella fastidiosa voce femminile mi stava praticamente abbaiando degli ordini. Ma non m'importava niente del suo tono. Per niente proprio.

Mi concentrai sulla faccia che ondeggiava di fronte a me e aspettai che la mia vista si schiarisse. Quando lo fece, trovai quello che era uno sgradevole viso femminile che gravitava sopra di me. Adesso me la ricordai. Purtroppo, mi ricordai di tutto. "Custode Egara."

"Bene. È sveglia."

"Prima mi fate fare i test e poi mi svegliate nel bel mezzo del sogno?" Era stato un sogno. Da quando in qua la realtà includeva due amanti sexy e virili che mi scopavano allo stesso tempo? Quando mai ero venuta così intensamente? Quando mai il bisogno di venire toccata era stato tanto pressante che il solo pensarci mi faceva venire voglia di gridare?

Mai. Gli amanti sexy da morire non facevano parte della mia realtà.

La mia realtà era la prigione. Luci accecanti. Cibo pessimo. Aria stantia. Centinaia di donne che mi guardavano come se fossi un pezzo di carne fresca. Solitudine. Tradimento.

"Sì, signorina Pierce. Mi dispiace moltissimo. Di solito non interrompo i test in modo così brusco, ma devo ammettere che le sue grida mi hanno innervosita non poco."

Non potei fare a meno di arrossire. "Diciamo che quel sogno era molto... vivido."

La custode guardò il tablet che aveva in mano, a quando pareva dopo aver deciso che non stavo per morire. Girò intorno al tavolo e si mise a sedere. La stanza era beige, clinica. Se non fosse stato per la sofisticata sedia sulla quale ero seduta, avrei potuto pensare di trovarmi in una sala riunioni. No, che mi avevano legato come si faceva con i pazzi. Le manette che avevo attorno ai polsi erano larghe almeno tre centimetri e spesse due. Non sapevo che razza di donne superumane ci legavano di solito, ma per una ragazza normale l'unico modo per uscirne era di usare una motosega.

Mi guardai e fui stranamente contenta di vedere che indossavo un blando camice grigio e non i pantaloni arancioni e la maglietta bianca che avevano costituito il mio unico capo di vestiario durante gli ultimi mesi. Sotto ero nuda, ed ero nuda dalle ginocchia in giù. I camici degli ospedali erano sempre orribili, non importava da quale pianeta arrivassero. E di certo non ero una fan del mio sedere nudo che si era appiccicato alla sedia. Dov'erano i soliti mutandoni della nonna e il reggiseno sportivo?

"Il test ha avuto successo, è stato effettuato un abbinamento. Compatibilità del 99%."

Un sorriso le trasformò la faccia e mi resi conto che non era poi così vecchia, anzi, probabilmente era persino più giovane di me di qualche anno. Aveva i capelli marroni raccolti in uno chignon severo, uno stile che mi ricordava le educatrici nei vecchi film western. I suoi occhi grigi racchiudevano un'intelligenza che potevo rispettare, ma le sue parole mi avevano allarmata. Ero qui su insistenza del mio avvocato. Ma io a tutta questa storia dell'abbinamento non ci credevo. Voglio dire: seriamente? Come diavolo fa un computer alieno a selezionare l'uomo perfetto per me? Non ci credevo. Ma ciò non poteva impedire a un piccolo frammento di speranza di sbocciare ronzandomi dolorosamente nel petto.

Mi accigliai per nascondere la mia reazione. Le cose non dovevano andare così.

"Sono stata abbinata?"

"Sì, a un guerriero Prillon."

"Un Prillon?" Io non sapevo niente degli altri pianeti della Coalizione. Avevo passato gli ultimi dieci anni con il naso ficcato nelle piastre di Petri e gli occhi schiaffati contro le lenti di un microscopio. "Vi ho detto che non lo voglio. Non lo voglio un abbinamento. Non voglio andare... su un altro pianeta." Sputai le ultime parole come se fossero acido. "Ve l'ho *detto*. Non dovrei trovarmi qui, non dovrei essere in prigione. Io non ho fatto niente di male, ho solo detto la verità. Non lascerò la Terra perché qualcun altro ha infranto la legge."

La custode mi guardò con occhi carichi di empatia. "Sì, so tutto del suo caso, so che si proclama innocente. Da un punto di vista processuale, il test non cambia niente. Lei è stata condannata. E non cambierà il fatto che dovrà andare in prigione per i prossimi venticinque anni."

"Ho fatto ricorso in appello."

"Sì, il suo avvocato mi ha informato di ciò, e le auguro buona fortuna." I suoi occhi grigi si intenerirono, e la mia rabbia svanì sotto l'enorme pietà che vi scorsi. "Rachel, mi dispiace. Ma la sua innocenza o la sua colpevolezza sono irrilevanti per me. E, mi creda, non importerà nemmeno al suo nuovo compagno. Lei si trova qui. È stata condannata. Devo avere trovato delle prove."

"Mi hanno incastrata," risposi.

Qualunque accenno di orgasmo era ormai svanito, rimpiazzato dalla stessa rabbia, dalla stessa frustrazione e dalla stessa amarezza che ormai mi davano la caccia da cinque mesi. Quando la legge sugli Informatori era entrata in effetto, non mi aveva inclusa. No. Avevano fatto presto a portarmi via, a farmi accusare di crimini che non avevo commesso da persone che avevano fatto cose di gran lunga peggiori.

Sì, ero la ricercatrice capo di GloboPharma. Supervisionavo tutti gli esperimenti. Ma avevo staccato la spina quando le cose andavano nel verso sbagliato. Avevo seguito le linee guida dell'FDA alla lettera. I dati nei miei rapporti erano veritieri e accurati. Sì, avevo scoperto che la compagnia aveva centinaia di milioni di dollari in gioco, che stavano ricercando una cura per il cancro. E che il trattamento funzionava, e che nel frattempo uccideva troppe cellule sane.

Avevo inviato i miei rapporti, sicura che i miei superiori facessero la cosa giusta.

Quando poi sentii che la FDA aveva approvato la medicina, ci mancò poco che non sputai il mio panino al salame sulla mia scrivania. Avevo chiamato il presidente della compagnia in persona e, siccome lei non mi aveva voluto dare ascolto, avevo chiamato l'amministratore delegato.

Mi ignorarono tutti quanti. Inviarono degli scagnozzi a sfasciarmi l'appartamento e a farmi chiudere il becco. Mi avevano licenziata e mi avevano discreditata. E, senza che io lo sapessi, si erano tenuti i miei dati, così da potermi incolpare nel caso in cui le fossero andate a rotoli.

E le cose ci andarono eccome, a rotoli. Morirono almeno quattrocento persone prima che la FDA riuscì a capire che la responsabile era proprio quella nuova medicina. Quando si misero alla ricerca di qualcuno a cui dare la colpa, GloboPharma gli servì la mia testa su un piatto d'argento.

Stronzi. Mi rifiutai di cedere senza lottare. Non sarei scappata come un cagnolino impaurito per andare a vivere il resto della mia vita su un altro cavolo di pianeta. Dovevo fare la cosa giusta. Dovevo lottare. Se non lo facevo, quei bastardi sarebbero rimasti impuniti. Avrebbero fatto la stessa cosa. E poi di nuovo. E poi di nuovo ancora. Ero andata al college e avevo ottenuto il mio dottorato in biochimica giusto lo scorso anno. Avevo studiato fisiologia così da poter fare la differenza, dare il mio contributo al mondo. Volevo aiutare le persone. Non avevo mai voluto ritrovarmi una guerra del genere. Ma ora eccomi qui. Non potevo andarmene. Non avevo nessuna scelta. Potevo lottare, o potevo marcire in prigione. E se mi fossi lasciata sconfiggere, allora loro avrebbero continuato a fare quello che facevano sempre. A commettere errori. A uccidere le persone. A mentire.

"Non posso andarmene. Devo andare in tribunale. La prego, deve capirmi."

"Il suo ricorso è tra due mesi," rispose lei senza fare commenti sulla mia sfuriata. Sapeva cos'era successo, le accuse, il processo, la condanna. Era tutto all'interno del file che aveva nel suo tablet. Lì dentro c'era tutto su di me, incluso quello che avevo mangiato per pranzo tre mesi fa e la mia taglia di reggiseno. "Il suo avvocato si è raccomandato di eseguire i test per il Programma Spose Interstellari, non si sa mai."

Il mio avvocato era un brav'uomo, bravo nel suo lavoro, ma a lottare contro di lui c'era un'intera schiera di abilissimi avvocati assunti dalla FDA e dalla GloboPharma. Mi aveva avvertita, sarebbe stata una dura lotta, ma a me non importava. Io non avevo fatto *niente* di sbagliato. Avevo scoperto quello che avevano fatto gli altri, quello che stavano facendo a decine di migliaia di persone malate e spaventate. Avevano falsificato la documentazione, avevano mentito e cospirato e avevano dato a me la colpa di tutto. La compagnia aveva pagato una multa ridicola e l'aveva scampata. Ero *io* quella che si trovava in cella per falsificazione, frode e cospirazione. E quello non era nemmeno tutto. Non mi importava quello che dicevano su di me. Non avevo intenzione di arrendermi.

"Sì, due mesi, e poi la verità verrà a galla e io sarò libera."

La custode non sembrò utile. "Accoppiarsi con un Prillon non è la fine del mondo, Rachel."

"Sì, lo è. Letteralmente. Non vivrei più sulla Terra."

"Io ci sono stata. Su Prillon." Inclinò la testa verso di me. "Sei anni fa ero la compagna di un guerriero Prillon. La cosa migliore che mi sia mai capitata in vita mia."

"Eppure adesso è qui," risposi. Le sue labbra si strinsero formando una linea sottile, e un'ombra attraversò i suoi occhi grigi. Avevo detto qualcosa che l'aveva ferita. "Mi dispiace. Non so niente di lei, della sua vita. È che –" strattonai i legacci, "- sono in trappola."

Quando lei non rispose, studiai con attenzione la sua espressione stoica. Sì. Era giovane. Probabilmente più giovane di me di circa quattro anni, sui ventotto. Ma il dolore che aveva negli occhi era vecchio. Vecchio e indurito, una scorza che le avvolgeva il cuore.

"Come hai fatto ad andare su Prillon sei anni fa? Il Programma Spose è cominciato solo due anni fa." Erano passati due anni dall'arrivo degli alieni. Due anni da quando tutto sulla Terra era andato in tilt e avevamo imparato che non eravamo soli.

Due anni, e i nostri governi ancora bisticciavano tra di loro come bulli nel parco giochi. Non era cambiato niente. Non sarebbe mai cambiato niente. La natura umana era... beh... troppo umana.

Lei sorrise in modo controllato, e io non la guardai negli occhi. "Beh, non mi trovavo nella sua stessa posizione. Semplicemente, ero al posto sbagliato nel momento sbagliato. I miei compagni mi hanno trovato prima che la Terra entrasse ufficialmente a far parte della Coalizione. Non avevo altra scelta, Rachel. A differenza di te. Sono stata con loro per pochissimo prima che lo Sciame li uccidesse, ma io li amavo e non ho rimpianti. Ho amato ogni istante passato con loro. Capisco i tuoi timori. Ma sei stata abbinata a un comandante decorato dei Prillon. Sono certa che imparerai ad amarlo. E il suo secondo, se ne sono sicura, sarà altrettanto notevole."

"Secondo?"

La custode annuì. "Sì, tutti i guerrieri Prillon condividono la loro compagna con un altro uomo. Si fa così. Se uno dei due compagni muore in battaglia, tu, e i tuoi figli, avrete pur sempre il secondo a proteggervi e a prendersi cura di voi."

"Due uomini? Una cosa a tre?" Era fuori di testa? Io non volevo un ménage à trois. Non volevo un alieno, figuriamoci due.

Il mio corpo si ricordò dei due uomini che solo un momento fa mi stavano riempiendo con i loro cazzi durante quel dannato sogno, e subito si accalorò. No.

No. No. No. Non sarei scappata dal processo solo per farmi una scopata con due alieni. No.

"Impossibile," dissi. Se avessi potuto tagliare l'aria con la mano, l'avrei fatto. Per come stavano le cose, dovetti accontentarmi di far tintinnare la sedia a cui erano attaccate le mie manette. La guardai negli occhi e scossi di nuovo il capo per essere sicura che avesse capito con esattezza quello che le stavo dicendo. "No, grazie. Lo so che John ha detto che dovevo venire qui, ma no. Non posso andarmene. Rifiuto l'abbinamento."

"Allora ritornerà nella prigione di massima sicurezza in attesa del processo."

L'idea di ritornare in isolamento mi faceva star male. Un cella o lo spazio. Le scelte erano tetre. Sapere che ero innocente mi diede risolutezza.

"Apprezzo la sua preoccupazione, Custode. Ma io sono innocente. Devo credere di poter vincere. Non posso lasciare che la facciano franca dopo aver mentito alla FDA e a tutti quei pazienti e alle loro vittime. Non lascerò il pianeta rovinando la mia carriera. Se scappo via, tutti quanti crederanno che sono colpevole, che ho mentito sui rischi, che ho mentito per proteggere la compagnia. E io non l'ho fatto. Ho dato loro i dati reali e posso provarlo. Non voglio andarmene su un altro pianeta. Mi piace questo qui. Avevo una bella vita. E la rivoglio indietro!"

Gli occhi mi si riempirono di lacrime, ma io le scacciai via. Mi mancava la mia casa, la mia macchina sportiva, il cazzo di cazzo. In tutta la mia vita, non avevo mai desiderato tanto intensamente di dormire nel mio letto a due piazze. Ma avevo pianto abbastanza. Diamine, non avevo fatto nient'altro durante i miei primi due mesi in prigione. Basta. Ero innocente e l'avrei provato. Sarei ritornata alla mia vita, al mio laboratorio. Volevo continuare a fare ricerca e a salvare delle vite. Era l'unica cos che volevo. Mi rifiutavo di arrendermi.

Mio padre si sarebbe rivoltato nella tomba se fossi scappata di fronte a questa battaglia. Quando avevo cinque anni, aveva dovuto guardare mia madre morire. Io me la ricordavo a malapena, ma mi ricordavo la sensazione che mi dava la sua testa pelata quando la abbracciavo. Mi ricordavo l'odore della malattia che impregnava la nostra casa.

Dopo la sua morte, mio padre aveva provato a resistere. E ce l'aveva fatta fino a quando io non ero partita per il college. E poi si era ubriacato fino a morire.

Colpa. Che parole debole per descrivere le emozioni che mi ruggivano dentro quando ripensavo a mio padre. Non avrei mai dovuto lasciarlo da solo. Sapevo che lei ancora gli mancava. Sapevo che doveva combattere con i suoi demoni. Ma io avevo diciott'anni e non vedevo l'ora di esplorare il mondo e cominciare la mia vita. Mi ero trasferita a centinaia di chilometri e ritornavo a casa solo un paio di volte l'anno. Me n'ero andata, e lui era svanito proprio sotto al mio naso. Grosso errore. Enorme.

No. Adesso non me ne sarei andata.

La Custode Egara sospirò e io *non* accolsi di buon grado la delusione o la rassegnazione che le lessi negli occhi, come se stessi facendo la scelta sbagliata.

"Benissimo. La informo che l'abbinamento è stato fatto e registrato nel suo file. Se cambia idea, ha il diritto legale di contattarmi. Dovesse mai scegliere di diventare una sposa, tutte le accuse cadranno, la sua fedina verrà pulita e verrà inviata immediatamente dai suoi compagni."

Mentre parlava, sollevò uno strano aggeggio vicino alla mia testa e io gridai sentendo una forte puntura sulla tempia.

"Aaah!" Torsi il collo per allontanarmi da lei, strattonando i legacci con rinnovata determinazione. "Che è quello?"

"Mi dispiace, Rachel, ma era necessario." Si allontanò e posò quello strano oggetto a forma di cilindro sul tavolo, poi ritornò da me con il suo tablet stretto tra le mani e un cipiglio in volto. "E mi dispiace per il mal di testa che avrà per le prossime ore. Normalmente si troverebbe in viaggio mentre il suo cervello si adatta alla NP, ma per questa volta dovrà rinunciare a tale lusso."

"NP? E che cos'è?" Volevo massaggiarmi la tempia, mi faceva male. Che diavolo mi aveva fatto? "Che cosa mi ha fatto?"

I legacci attorno ai miei polsi sparirono non appena la custode toccò il suo tablet. Sollevò lo sguardo per guardarmi negli occhi, e non scorsi empatia, ma solo pietà. "La NP è un'unità neuro-procedurale necessaria per essere trasferiti su un altro pianeta. Si tratta di una tecnologia neurale che si unirà ai centri del linguaggio nel suo cervello, permettendole ci parlare e capire tutte le lingue conosciute all'interno della Flotta della Coalizione. Non può diventare una sposa se non ha uno."

"Io non voglio diventare una sposa." Non appena mi alzai, entrò una guardia con in mano le fin troppo familiari catene, una lunga catena che sferragliava in mezzo a delle manette per i polsi. Sapevo dove mi avrebbe portata: in prigione, in isolamento, dove le guardie mi avrebbero trattata come se fossi invisibile, un topo in gabbia che aveva bisogno di acqua e cibo e nient'altro. Eppure, era pur sempre meglio dell'alternativa. Non volevo essere altro che un'altra prigioniera, un'altra bocca da sfamare. Non volevo essere notata.

Ma io ero innocente. Ero certa che il mio avvocato e tutti i miei amici avrebbero trovato il modo di scoprire la verità. Dovevo sperare che il giudice incaricato del mio caso fosse in grado di vedere attraverso le bugie dell'accusa.

"Non voleva diventare una sposa, allora perché ha seguito il consiglio del suo avvocato e si è sottoposta ai test?" La sua domanda toccò un nervo scoperto, ma mi rifiutai di cedere. Mi rifiutavo di credere che il sistema giudiziario potesse deludermi su tutta la linea.

"Non si sa mai."

Annuì in modo veloce e preciso. "Appunto. E ora ha una NP. Non si sa mai."

Mi rigettò in faccia le mie stesse parole, ma dal suo tono era chiaro che fosse convinta che sarei ritornata, presto o tardi. E se il sistema mi avesse condannata, forse allora sì, sarei tornata. Quel sogno. Il mio corpo ancora fremeva per la lussuria. Volevo quelle mani enormi sul mio corpo. Mi sembrava di essere diventata un po' idiota, ma non avrei smesso di pensare al modo in cui le loro mani mi avevano accarezzato la pelle, al modo in cui i loro cazzi enormi mi avevano allargata. Il piacere intenso che avevo provato mentre li cavalcavo mi aveva procurato l'orgasmo più intenso di tutta la mia patetica vita.

Un orgasmo fasullo, scatenato da uno stupido programma al computer. Se avevo capito bene come funzionava, avevo vissuto i ricordi di un'altra donna, avevo provato le stesse cose che lei aveva provato.

Tutto questo mi dava i brividi. E io non volevo lasciare la Terra. Rivolevo indietro la mia dannata vita, e in un modo o nell'altro ci sarei riuscita.

Potevo sopravvivere altri due mesi in isolamento. Mi rifiutavo di farmi spezzare. Ma la mia silenziosa esistenza all'interno della prigione era ormai infestata da una vocina insistente. Anche se avessi ribaltato il verdetto e avessi vinto in appello, che cosa ne sarebbe stato di me? Anche se mi fosse stato permesso di andarmene a casa, sarei mai stata veramente libera? Se avessero fatto cadere le accuse, se il mio nome fosse stato ripulito, ci sarebbero sempre stati quelli che avrebbero dubitato di me, che avrebbero considerato me e i dati che avrei trovato corrotti. Nessun laboratorio mi avrebbe mai assunta. Almeno non negli Stati Uniti. Avrei dovuto trasferirmi, cominciare una nuova vita.

E se non avessi vinto, e se il sistema avesse fallito? Mi sarei ritrovata ai ceppi per decenni, oppure mi avrebbero mandata su un nuovo pianeta, alla mercé non di un alieno, ma di ben due.

Sembrava che, in un modo o nell'altro, ero già condannata per il resto della mia vita.

2

Maxim, Governatore della Base nr. 3, la Colonia, Settore 901

Il tonfo dei pesanti stivali da combattimento riempiva lo stretto corridoio. I miei passi erano ansiosi, fin troppo, eppure non riuscivo a costringermi a rallentare mentre mi affrettavo verso il centro comunicazioni. La Custode Egara, la donna sulla Terra incaricata del nuovo Centro Elaborazione Spose Interstellare della Colonia, voleva parlarmi. Era evidente che aveva qualche notizia da darmi, qualche notizia riguardo la compagna di uno dei provati guerrieri sotto il mio comando. Notizie che quelli come noi che erano condannati a vivere nella Colonia avevano un gran bisogno di udire.

"Ryston." Annuii con espressione tetra, mentre il mio Secondo, il Capitano Ryston Rayall, mio amico, mio compagno d'armi da anni, mi si affiancava. Coperto da capo a piedi con l'armatura nera e marrone dei guerrieri Prillon, la sua presenza mi rincuorava e mi preoccupava allo stesso tempo.

"Sembra ci siano notizie dalla Terra." La sua espressione era tetra. Nonostante il colore dorato dei suoi capelli e dei suoi occhi, il suo sguardo era tenebroso. Ripudiato dalla sua famiglia dopo essere stato salvato, era diventato l'ombra di sé stesso. Cattivo. Acido. Spericolato e imprevedibile. Delle cattive notizie non avrebbero di certo giovato al suo temperamento né al suo umore attuale.

"Sto andando, fratello. Porta pazienza. Non so ancora cosa mi deve dire la Custode Egara." Gli diedi una pacca sulla spalla in segno di affetto. Era il mio amico più fidato, l'alleato più vicino di tutta la base. Non mi sarei fidato di nessun altro per condividere una compagna, anche nonostante la sua recente scontrosità. Era un guerriero feroce, onorevole fin nel midollo. Io non avevo dubbio che il dolce tocco di una donna sarebbe stato in grado di bandire l'oscurità dal suo cuore e riportare il mio amico in vita.

"Probabilmente ti dirà che nessuno di voi bastardi è stato abbinato e che siete degli sciocchi per averlo sperato." Il suo ruggito era pieno di dolore, ma non riusciva a nascondermi la sua speranza. Se non ci avesse sperato, non sarebbe accorso al mio fianco per udire le notizie dalla Terra.

"Ciò implicherebbe che io non sono perfetto, Ryston. E sappiamo entrambi che ciò non è vero."

La risatina strozzata di Ryston fu l'unica risposta che ottenni, ma un po' della tensione che mi grava sulle spalle e il collo si allentò. Era faceva piacere avere Ryston al mio fianco, non importava quello che dovevamo affrontare. In quanto Governatore della Base numero 3, era mio compito dare l'esempio a tutti gli altri guerrieri contaminati. Erano tutti bravi uomini, i guerrieri della Colonia avevano servito i loro pianeti con onore, avevano lottato contro la minaccia dello Sciame e avevano sofferto per mano del nemico. Tutti qui sulla Colonia portavano sui loro corpi le cicatrici di quella lotta – ogni volta che lo Sciame ci catturava, provava a renderci uno di loro. Le Unità di Integrazione dello Sciame torturavano i soldati della Coalizione, li convertivano in macchine da poter usare in battaglia, in nuovi soldati controllati dallo Sciame, in armi che camminavano. Quelli di noi abbastanza fortunati da sopravvivere e da ritornare a casa con le menti ancora intatte venivano condannati a un destino che, per alcuni, era ben peggiore della morte – l'esilio. Per quanto fosse avanzata la tecnologia della Coalizione, c'erano ancora delle cose a cui non poteva porre rimedio.

Microscopici impianti cibernetici, impianti ottici, filamenti cerebrali, fibre muscolari potenziate, intelligenza artificiale: si mescolava tutto con i nostri corpi a livello cellulare, con il nostro stesso DNA. Per secoli, i combattenti della Coalizione strappati dalle mani dello Sciame venivano semplicemente giustiziati. Ma circa sei anni fa, il padre del Prime Nial ha fondato la Colonia, dove i guerrieri contaminati potevano continuare a vivere le loro vite in modo sicuro, lontani dalle potenziali interferenze dello Sciame. Lontani da tutti gli incontaminati.

La sicurezza era ampiamente sopravvalutata. La Colonia era diventata più una prigione che un atto di pietà, con guerrieri condannati a vivere qui senza nessuna speranza di avere una casa o una compagna, combattendo una guerra infinita per cercare di vivere una vita che avesse uno scopo, una vita onorevole. Ben poche donne combattevano nella Flotta. E ancora di meno venivano catturate dallo Sciame. Le donne che venivano catturate e sopravvivevano finivano qui come tutti gli altri. Ma erano così poche, così rare, che un uomo poteva passare mesi o addirittura anni senza mai posare gli occhi su una donna. Il nostro stesso popolo ci temeva, gli altri pianeti ci avevano dimenticati. Tutti quelli che avevamo cercato di proteggere. E saremo rimasti dimenticati fino a quando anche altri pianeti non avrebbero cominciato a mandare qui i loro soldati.

Ora i guerrieri contaminati esiliati sulla Colonia includevano gli Atlan, i Trion, gli Everian, i Viken e i Prillon. Di recente erano arrivati una manciata di umani dalla Terra. La Colonia era divisa in otto basi governate da otto Governatori e un Prime. I Governatori venivano scelti con prove di forza. Erano i più forti a comandare. I più forti davano l'esempio.

E così ora dovevo fare io. In quanto Governatore della Base numero 3, erano i risultati del mio test quelli che tutti aspettavano con ansia. Se non c'era una compagna nemmeno per i più forti tra di noi, allora tutti gli altri erano senza speranza.

E quindi, quando il Principe Nial era diventato il Prime, la Colonia era ritornava alla vita, riaccesa dalla speranza. Perché il nuovo Prime del nostro pianeta natale era contaminato come noi. Nonostante le sue imperfezioni, aveva trovato una compagna bellissima e remissiva, una compagna abbastanza forte da accettare la sua rivendicazione nell'arena di Prillon Prime sotto gli occhi di milioni di persone. Come gli tutti gli altri, anche io avevo visto la trasmissione dal vivo mente il Prime Nial e Ander, il suo secondo, reclamavano il corpo della loro compagna sul terreno insanguinato dell'arena.

Il solo ricordo bastava a farmi sussultare il cazzo. Il Principe Nial e la sua sposa, Lady Jessica Deston, avevano visitato la Colonia poco dopo la battaglia finale. Lady Deston era una guerriera come noi, e aveva criticato aspramente le usanze di Prillon. Aveva giurato di aiutare i contaminati a trovare una compagna. Ci aveva dato un nuovo nome – veterani – e aveva affermato che meritavamo onore e rispetto. Ci aveva riempiti di coraggio. E aveva tenuto fede alle sue promesse, accettando il suo compagno contaminato davanti agli occhi di milioni di persone.

La Custode Egara dalla Terra aveva contattato la Colonia solo qualche giorno dopo, in modo da dare inizio al Programma Spose Interstellari anche per i nostri guerrieri. Io ero stato il terzo guerriero a sottoporsi ai testa, un'esperienza di cui ricordavo poco. Mi ricordavo più che altro di essermi svegliato con un senso di perdita e un'erezione dura come l'acciaio.

Così come gli altri governatori e una manciata di rispettabili guerrieri che vivevano qui, diverse settimane fa avevo deciso di sottopormi ai test del programma. Sebbene non potessi credere che una donna potesse accettare un guerriero danneggiato come ero io, non potevo impedire al mio cuore di battermi forte nel petto quando avevo risposto alla chiamata della Custode.

Se uno qualsiasi dei guerrieri della Colonia veniva abbinato, allora ciò significava che c'era speranza per tutti noi. I guerrieri sfregiati dalla battaglia e condannati a vivere qui avevano un bisogno disperato di un po' di aiuto.

Svoltammo l'angolo e vedemmo che tutti quelli nella stazione per le comunicazioni aspettavano in un soffocato silenzio. Le parole della Custode potevano salvarci, o potevano condannare l'intero pianeta.

La faccia graziosa della Custode Egara riempì il grande schermo sulla parete. Ma sotto i suoi occhi ora c'erano delle rughe profonde, e le sue pupille grigie erano riempite da un'oscurità che non avevo mai notato prima d'ora. "Custode Egara. Salve. Ci fa piacere rivederla di nuovo." Di recente, la Custode era venuta sulla Colonia per completare il primo giro di test e avevamo dovuto tenerla sottochiave, praticamente in prigione. La sua presenza aveva reso tutti i maschi della Colonia ansiosi di reclamarla.

"Governatore Rone. Vorrei poter dire lo stesso." Chiuse gli occhi e fece un respiro profondo, come per darsi coraggio prima di parlare. "Maxim, ho bisogno del suo aiuto."

Strinsi i pugni, senza potermi controllare. "Qualunque cosa, mia Lady." Di fianco a me, le spalle di Ryston erano teste, la mano poggiata sulla pistola che portava alla vita. La stanza era immersa nel silenzio. Una donna che soffriva – persino ad anni luce da qui – faceva ricordare a ogni uomo nella stanza degli istinti così basilari e primitivi che, se non fosse stato che non volevamo spaventarla, avremmo cominciato tutti quanti a ringhiare.

Eppure lei era stata la compagna di due guerrieri Prillon. Forse la nostra aggressività l'avrebbe confortata invece di spaventarla.

"Non è per me." Guardò Ryston, poi me. "Si tratta di qualcun altro. Una sposa. Una sposa della Colonia."

La notizia mi fece battere il cuore all'impazzata. "È stato effettuato un abbinamento?"

"Sì. Ma la donna ha rifiutato il trasporto." La Custode Egara si alzò in piedi e cominciò a camminare senza uscire dallo schermo. Dietro di lei, riconobbi il centro per i test, l'equipaggiamento medico, lo sterile ambiente fatto di muri bianchi e tavoli per gli esami.

Ryston fece un passo in avanti, accigliato. "Come può rifiutare il trasporto? Non capisco."

La Custode Egara alzò gli occhi al cielo. "Non sempre le leggi della Terra hanno senso. E non si sono adattate alla nuova realtà della Coalizione Interstellare. Non capiscono cosa c'è in gioco..." La sua voce si affievolì e lei si mise a braccia conserte.

Io distolsi lo sguardo dallo schermo e guardai il guerriero umano seduto dietro la stazione di controllo. Era intelligentissimo e tutti lo apprezzavano. Era l'unico uomo qui nella stanza che poteva darci una qualche spiegazione. "Trevor?"

Trevor distolse lo sguardo dal volto preoccupato della custode e guardò Ryston e me. Non avevo idea di cosa scorse sul mio viso. "Ha ragione. Le leggi della Terra sono folli, si tratta di politica, non di giustizia." Guardò lo schermo. "Con cosa è invischiata? I federali?"

La custode scosse il capo. "No. GloboPharma e la FDA."

"Oh porco cazzo." Trevor emise un fischio basso e il mio sangue cominciò a ribollire. Mi guardò negli occhi. "È fottuta."

Non capivo cosa volesse dire, ma non sembrava niente di buono.

"La mia stessa conclusione." L'uniforme della Custode Egara era grigia e attillata. Lo stemma che aveva sul petto la indicava come un ufficiale del Programma Spose. Era uno dei titoli più rispettati e apprezzati di tutta la Flotta della Coalizione. I guerrieri che combattevano per difendere l'universo dalla minaccia dello Sciame si tenevano stretti la promessa di una compagna. Non so quante fredde notti sul campo di battaglia ho passato a sognarne una. Quando lo Sciame catturò la nostra unità, quando le urla di Ryston echeggiarono le mie, quando i coraggiosi soldati attorno a noi morirono o vennero inghiottiti dalla realtà distorta dello Sciame, io sognai la mia compagna. Sognai la sua pelle soffice e la sua fica calda e bagnata. Le sue grida di piacere mentre la riempivo e Ryston giocava con il suo corpo. Fu la speranza a tenermi vivo. La speranza di una compagna.

Eppure questa terrestre rinnegava il proprio posto

nell'universo. Rinnegava l'importanza dei cuori e delle menti dei soldati che avevano sofferto più di tutti. Rinnegava il suo abbinamento?

Una furia gelida mi attraversò il corpo, pulsandomi nelle vene come dei lenti pezzi di ghiaccio su un fiume d'inverno. Questa donna umana non aveva idea di quello che stava facendo. Sembrava che stesse combattendo una battaglia che sapeva di non potere vincere. Io non mettevo in dubbio il suo coraggio, ma solo la sua intelligenza. Preferiva sacrificarsi piuttosto che accettare il suo compagno? Era la primissima sposa che veniva abbinata a un guerriero della Colonia, e lei lo *rifiutava*?

Un altro rifiuto avrebbe ferito il guerriero ancor di più di quanto non avrebbe fatto non essere stato abbinato per niente. Una cosa del tutto inaccettabile. "Mi dica come possiamo aiutarla, Custode. Un rifiuto demoralizzerà l'intero pianeta."

"Lo so. Ma lei ha riposto tutte le sue aspettative nel sistema giudiziario della Terra, su un nuovo processo. Dice di essere innocente e si rifiuta di essere costretta a lasciare il pianeta."

E quindi non voleva essere una sposa punto e basta. "Lei crede che sia innocente?"

"Sì. E la sua determinazione nella ricerca della verità è ammirevole, ma non ha nessuna importanza." La Custode Egara ritornò vicina allo schermo, e il suo viso di nuovo riempì lo schermo che arrivava fino al soffitto, una proiezione alta quasi quanto me. "Non riesco a credere di dover dire una cosa del genere, ma dovete venire sulla Terra. Dovrete farla evadere di prigione."

"E come possiamo riuscirci? Le autorità terrestri collaboreranno?" chiese Ryston. Certo, aveva parlato al plurale.

Sapeva che io sarei andato, e che non andavo mai da solo in battaglia.

"No. Non collaboreranno, ma non ha importanza. Dobbiamo tirarla fuori di lì. Il suo avvocato mi ha chiamata oggi. È un brav'uomo, ma lei non gli dà retta. Fino ad ora è stata al sicuro in isolamento. Ma ora non più. Il giudice si è rifiutato di tenerla separata dagli altri prigionieri."

"Davvero?" disse Trevor. "Se davvero è innocente, se la mangeranno viva."

La custode non era per niente felice. "Le cose sono ben peggiori di così. Lei è un'informatrice e ha le prove che potrebbero far cadere delle teste a Washington. Se non la facciamo uscire nel giro di tre giorni, prima che la faranno trasferire, non ci sono dubbi che lì dentro troverà qualcuno pronto ad ucciderla."

Guardai Trevor per farmi aiutare. Anche se la NP traduceva alla perfezione l'inglese della Custode, c'erano alcune cose che non capivo.

Trevor sembrò comprendere il perché della mia confusione. "Sulla Terra, alcuni prigionieri vengono tenuti in isolamento per la loro incolumità. Le prigioni sono come delle comunità dietro spesse mura e filo spinato. Un posto pericoloso. Qualcuno, da fuori, può ordinare a un altro criminale, a qualcuno rinchiuso in prigione, di far del male a un altro prigioniero. O di ucciderlo."

Contrassi la mascella e vidi Ryston che si irrigidiva.

"Quando qualcuno è condannato all'ergastolo, commettere un altro omicidio non cambierà niente. Ma avere soldi e connessioni all'esterno può migliorare la loro vita all'interno."

Lo stesso valeva per i guerrieri qui. Alcuni, come me, erano abbastanza fortunati da restare in contatto con le loro famiglie su Prillon. Mia madre mi inviava provviste e fotografie della mia famiglia. Messaggi. Ma tanti altri non ricevevano altro che il silenzio: niente supporto, niente comunicazioni, niente di niente. Era come se non esistessero. Essere condannati al carcere a vita era qualcosa che tutti i guerrieri della Colonia comprendevano fin troppo bene.

Trevor si sistemò sulla sua sedia. "Una volta che verrò trasferita con gli altri detenuti, non sarà più protetta. Vivrà in mezzo ad assassini e criminali della peggior specie. Chiunque la vuole morta sarà in grado di arrivare a lei. Non sopravviverà a lungo."

La sua spiegazione fu di aiuto. Non avevo bisogno di altri dettagli. Un'occhiata a Ryston e lui annuì. Saremmo andati, e subito. "Arriveremmo direttamente nella sua stanza di trasporto, Custode. La prego di inviarci le coordinate."

"Certo. Grazie."

Fece per chiudere la comunicazione, ma io sollevai una mano per fermarla. Avevo bisogno di un ultimo dettaglio.

"Custode Egara, se posso permettermi, di chi è la compagna?"

Il sorriso della Custode era carico di pietà.

"Mi dispiace, Maxim. È la tua."

3

enitenziario di Carswell, Cella di isolamento

Mi sedetti sul letto, l'unica superficie *ragionevolmente* comoda all'interno della mia cella, la ruvida coperta di lana avvolta attorno alle spalle. Avevo le ginocchia rannicchiate contro il petto e la schiena premuta nell'angolo del muro. Ero da sola, il silenzio era quasi assordante. Anche se uno dei muri era fatto di sbarre che si affacciavano su un lungo corridoio, c'era silenzio. Le mura in calcestruzzo dipinte di grigio non offrivano niente di interessante da osservare. La piccola finestrella che dava sul mondo esterno – l'unica – era così in alto che mi era impossibile guardare fuori, anche se mi mettevo in piedi sul letto. Lo sapevo, ci avevo provato. Riuscivo a vedere il cielo, sapevo se era terso o nuvoloso, ma non il terreno. Non sapevo nemmeno verso quale direzione ero rivolta.

Avevo sentito dire che questa sezione della prigione era stata disegnata in questo modo. Eravamo arrivati qui passando per un tunnel sotterraneo, svoltando diverse volte prima di fermarci. Il sentiero dal bus della prigione fino all'ala di isolamento era fatto di altre numerose svolte e di nessuna finestra. Era impossibile conservare l'orientamento.

Se non avessi vinto il ricorso, tutto quello che avrei visto del mondo per i prossimi venticinque anni sarebbe stata una manciata di nuvole. L'idea faceva impazzire molti, o li costringeva a suicidarsi. Che cos'era una vita completamente svuotata? I vestiti erano squallidi, la cella era squallida, il cibo era squallido. Non rimaneva niente.

Ma io avevo la speranza. Dio, mi aggrappavo a quella speranza con le mie unghie mangiucchiate. Che cos'altro c'era?

Le prove che erano in mano del mio avvocato mi avrebbero fatto uscire di qui. Erano la prova della mia innocenza. Quella chiavetta USB era tutto quello che si frapponeva tra me e una vita d'inferno. Fino ad allora, avrei dovuto aspettare. Giorno dopo giorno di nulla.

Mi passai la mano sulla faccia, provando a pensare a qualcosa... a qualunque cosa che non fosse il mio caso, la mia celletta, la mia nuova vita. Era facile ripensare al sogno durante il test, era perfetto. Ero libera, senza sbarre né mura di cemento. E con me c'erano due uomini che mi volevano disperatamente. Mi ero sentita voluta. Dio, se ne avevo bisogno. E le cose che mi avevano fatto!

Io non ero una puritana. Sapevo dove si trovava il mio clitoride e mi accertavo che anche i miei amanti lo sapessero. Amanti che di solito non erano due alla volta. Era stata una mia fantasia. Quale donna non fantasticava su due uomini che sapevano esattamente quello che stavano facendo? E loro non avevano mai fatto un sogno paragonabile a quello provocatomi dai test.

Diamine, com'era stato eccitante. Più che eccitante.

Mi si inturgidirono i capezzoli e il mio clitoride pulsò ricordando le loro mani, le loro bocche, i loro cazzi.

Il sogno ancora mi indugiava nel sangue e volevo toccarmi. Sapevo che ero bagnata. La voglia mi fece scivolare la mano in mezzo alle cosce. Mi ricordai che c'erano sempre delle guardie a guardarmi e allora ritrassi subito la mano. Non volevo guastare quel sogno toccandomi, mentre c'erano delle guardie a guardare. Mi sarei toccata di notte, una volta spente le luci. Ancora e ancora.

Dio, persino i miei orgasmi erano controllati. E scialbi. Anche se usavo le dita per stimolarmi la clitoride, anche se me le infilavo nella fica, non era niente di paragonabile a quello che mi avevano fatto sentire i miei uomini. Per venticinque anni avrei avuto solo questi scialbi orgasmi indotti dalla masturbazione alla cieca. E nient'altro.

E, in un attimo, ero ritornata a dispiacermi per me stessa.

Forse avrei dovuto chiamare la Custode Egara e andarmene. Lasciarmi tutto alle spalle. Gli avvocati e le guardie. La colpa.

Stranamente, mi si rizzarono i peli sulle braccia, e un secondo dopo sentii delle voci. Erano basse e gravi. Non era ora di pranzo, e non avevo sentito il forte ronzio che indicava che la porta della cella si stava aprendo. Niente ruote cigolanti del carrello del cibo. Niente rumori di passi, fino ad ora. Qualcuno, o più di uno, stava camminando velocemente lungo il corridoio.

"Come facciamo a sapere chi è?"

Saltai in piedi, incuriosita. Non succedeva mai niente di nuovo.

"La Custode Egara ha detto che lo sapremo e basta."

Le voci si fecero più forti. Riuscivo a sentire le altre prigioniere che li chiamavano per farli andare da loro.

Camminavano veloce, c'erano quattro celle tra la mia cella e la porta principale, e due dopo.

"No. No. No." Era come se stessero giocando a "Pecora, Pecora, Lupo!".

Quando i due omaccioni passarono di fronte alla mia cella, si fermarono. I loro occhi si posarono su di me e mi squadrarono da capo a piedi. Li sentii, i loro sguardi, come se tra di noi non ci fossero delle sbarre e le loro mani fossero su di me.

"È lei," disse l'uomo più alto al suo amico. In mano stringevano delle pistole, pistole che non assomigliavano a nessuna di quelle che avevo visto prima d'ora. Più piccole di pistole di piccolo calibro, erano di metallo luccicante e non potevano nulla di fronte ai fucili che portavano in spalla alcune delle guardie.

Chiamare l'altro uomo basso sarebbe stato ridicolo. Erano entrambi enormi. Parecchio enormi. Quello più basso era poco più alto di un metro e ottanta. Erano come l'incrocio tra dei boscaioli e degli Highlander. Non portavano il kilt, ma delle armature che si adattavano al loro corpo e che li facevano sembrare dei gladiatori che indossavano delle armature forgiate per mettere in risalto ogni singolo muscolo. La strana armatura mimetica era nera, verde e marrone, quasi come le mimetiche dei militari, ma più simile agli svolazzi che decorano il marmo.

Uno aveva dei capelli marroni, color bronzo, e la pelle scura; l'altro era chiaro e dorato, i capelli e la pelle d'un giallo pallido. E sembravano dei Terminator. Quello scuro aveva gli occhi del colore del latte al cioccolato, quelli dell'uomo più chiaro erano d'ambra. Ma nessuno di loro era umano. Le linee spigolose dei loro zigomi e la forma bizzarra dei loro occhi li rendevano abbastanza strani da farmi battere il cuore all'impazzata, in preda al panico. Ma la mia fica gridò di benvenuto vedendo i loro corpi muscolosi. Conoscevo quei lineamenti, quelle mani enormi. Era la razza di guerrieri alieni che avevo visto nel mio sogno al Centro Elaborazione Spose. E grazie alla custode e ai suoi giochetti mentali, l'unica cosa a cui riusciva a pensare mentre si avvicinavano era la grandezza dei loro cazzi... e come mi sarei sentita in mezzo a loro.

Il mio corpo reagì in modo viscerale. Sì, erano bellissimi. Sì, rispondevano a tutti i requisiti per essere dei bonazzi. Cominciarono a sudarmi le mani e il mio cuore saltò letteralmente un battito, ma sentii una connessione come se ci fosse un filo tra di noi. Era qualcosa di diverso di quanto accaduto durante il sogno al centro spose, era qualcosa di istintivo. Qualcosa di più profondo.

Mi sentivo come se li *conoscessi*.

"Rachel Pierce della Terra. Io sono Maxim, e lui è Ryston. Veniamo da Prillon Prime, e siamo i tuoi compagni."

Oh. Mio. Dio. Erano *miei*? I compagni ai quali ero stata abbinata.

Non riuscivo a muovermi. Mi sentivo come se mi avessero bloccato i piedi col cemento.

"Che cosa ci fate qui?" sussurrai. Allungai il collo per cercare di guardare dietro di loro, sapevo che sarebbero arrivate delle guardie. Come avevano fatto a passare i controlli di sicurezza?

"Ti stiamo reclamando," disse quello scuro. "Ti portiamo con noi. Ora."

"Portarmi con voi... state scherzando." Guardai le sbarre e sapevo che non sarebbe successo. Le guardie non mi avrebbero mai permesso di andare con loro. Impossibile. E io non riuscivo a decidermi se ciò mi faceva felice o stranamente delusa.

"Trasporto."

Trasporto? Cose da pazzi. Stavo cominciando ad avere le allucinazioni? Stavo sognando di nuovo?

Sembravano essere sicuri di quello che dicevano. Non si guardavano attorno controllando se stessero arrivando delle guardie, né sembravano preoccupati dal poterle incontrare.

"Ma ho detto che non ero pronta. Non voglio essere una sposa. Mi... rifiuto l'abbinamento." Guardai questi due e mi chiesi perché l'avessi fatto. Se questi erano i miei compagni, forse trasferirmi su un altro pianeta non era poi una pessima idea.

No. No! Dovevo ripulire il mio nome, la mia vita sulla Terra. Volevo avere una scelta, e questa non sembrava esserlo.

Ma nemmeno lo era la prigione. Nemmeno questa era la mia scelta.

"Ne discuteremo una volta tornati al centro di trasporto," disse quello scuro, Maxim. Solo lui. L'altro, Ryston, il dorato, rimaneva stoico al suo fianco. Anche se non sembrava essere lui il leader, era di certo una figura di comando.

"Centro di trasporto?" Ero una scienziata. Avevo due lauree, eppure mi ero ridotta a porre domande elementari come questa.

"La tua vita è in pericolo, e non permetteremo che le vostre innocenti nozioni di giustizia ti costino la vita. Ti portiamo con noi. È per la tua protezione."

Scoppiai a ridere. "Che gesto nobile. Ma vi state dimenticando di una cosa." Indicai le sbarre che c'erano tra di noi. "Io qui sono una prigioniera. Non lasceranno che mi portiate via."

"Pensi che del metallo basti a fermarci?"

"Beh, sì," risposi io.

Maxim, quello scuro, si avvicinò alle sbarre, ne afferrò due tra le mani e mi sorrise allargandole come se fossero due fogli di alluminio.

Io indietreggiai e andai a sbattere contro il bordo metallico del letto.

Quando l'altro si unì a lui, le sbarre vennero allargate nel giro di un secondo, come succedeva nei film di Superman.

Se avessi avuto del tempo per pensarci su, avrei ritenuto quel gesto sexy da morire. Ma lo strano suono del metallo che si piegava non fu l'unica cosa che sentii. Il campanello in fondo al corridoio indicava che la porta d'ingresso del braccio si stava aprendo. Un altro suono, uno che non avevo mai sentito prima d'ora, un suono che era ovviamente un allarme, rimbombò per il corridoio. Quel suono mi fece fare una smorfia, ma quei due uomini mi avevano stregata.

Maxim entrò passando in mezzo alle sbarre piegate e Ryston lo seguì. La cella era già piccola di suo, ma con loro due che incombevano su di me mi sembrava di essere strizzata dentro a un ditale. Mi strizzai contro l'angolo, spaventata. Una cosa era fare delle fantasie eccitanti su di loro, un'altra era averli che facevano irruzione nella mia cella per rapirmi e portarmi sul loro pianeta.

"Non devi temerci. Non dovrai *mai* temerci," disse Maxim afferrandomi il braccio. Mi strinse con gentilezza, ma mi fece mettere in piedi senza sforzo.

"Contatto eseguito. Trasporto," disse Ryston mentre il suono dei passi affrettati delle guardie si faceva sempre più vicino. Parlò in una qualche specie di dispositivo che portava al polso. L'ultima cosa a cui pensai, prima che lo spazio venne riempito da un ronzio, prima che i peli del braccio mi si rizzassero, prima che le urla delle guardie sovrastarono lo stridio dell'allarme, fu che mi avevano abbinata a due tizi sbucati fuori da *Star Trek*.

Capitano Ryston Rayall

Questa terrestre era la nostra sposa? Era stato difficile muoversi dopo esserci fermati davanti alla sua cella. Avevo chiesto a Maxim come avrebbe saputo quale donna era la nostra. Subito dopo arrivati, avevo contato rapidamente sei celle. Sarebbe stato più facile venire trasportati direttamente all'interno della cella della nostra compagna, ma la Custode Egara non conosceva la coordinate esatte. E quindi, invece di trasportarci nella cella sbagliata, avevamo percorso il corridoio e l'avevamo trovata basandoci sul nostro istinto.

Eppure, mentre eravamo in piedi davanti a lei, che aveva sgranato gli occhi evidentemente attratta dai suoi compagni, lei si era spaventata. Il suo battito era accelerato improvvisamente. Il sottile materiale arancione che portava indosso non riusciva a nascondere il suo sudore, il suo profumo femminile, né l'odore inconfondibile della sua eccitazione.

Le sbarre tra di noi, gli umani che dovevano ostacolarci, l'orgoglio testardo che la nostra compagna brandiva come uno scudo – niente di tutto ciò avrebbe potuto tenerci lontani da lei.

Apparentemente, aveva pensato Maxim la stessa cosa. Aveva avvolto le mani attorno alle sbarre e le aveva allargate. Io mi ero adoperato subito per aiutarlo, non vedendo l'ora di poter raggiungere la nostra donna. Le sbarre non potevano nulla di fronte alla nostra di cyborg. Per una volta tanto gli impianti dello Sciame si erano rivelati utili. I guerrieri Prillon erano famosi per la loro forza fisica, ma grazie ai miglioramenti che lo Sciame ci aveva innestato in tutti i gruppi muscolari, eravamo dei mostri, più forti persino di un guerriero Atlan in modalità bestiale.

Le sue mani tremanti furono l'unica cosa che impedirono al ringhio che avevo in gola di esplodere, mentre entravamo nella cella. Praticamente riuscivo a sentire il suo sapore nell'aria, il caldo profumo della sua pelle e la sua fica bagnata mi fecero rizzare il cazzo sull'attenti.

Mia. Mia. Mia. Non mi sarei mai aspettato che una donna mi provocasse una reazione tanto intensa.

Era come se qualcuno mi avesse ficcato una mano nel petto e avesse stretto con forza. Mi avevano torturato, avevano rimpiazzato alcune parti del mio corpo con la tecnologia dello Sciame. Mi avevano trattenuto contro la mia volontà e non potevo tollerare la vista della nostra compagna in prigione. Conoscevo il dolore, conoscevo il mio corpo, ma non mi ero mai sentito così. Era come se una parte di me, una parte del mio corpo che non sapevo che mi mancasse, fosse stata ritrovata.

Per una volta mi sentii completo. Non importava che avessi un innesto ottico o un delle cellule migliorate in ogni muscolo del corpo. Finalmente ero in pace. Nessuna sbarra avrebbe potuto separarci da ciò che era nostro. Rachel Pierce era nostra. Sì, l'avrei condivisa con Maxim, ed ero felice di avere un guerriero così forte e nobile ad aiutarmi. Ero onorato di poter essere il suo secondo. Ma quando guardavo Rachel, i suoi capelli scintillanti e la sua pelle cremosa, la sua faccia graziosa e le sue labbra piene, il suo corpo formoso e morbido e perfetto, certe sottigliezze non avevano nessuna importanza.

A me interessava solo tirarla fuori da questa dannata uniforme da carcerata e riempirla con il mio cazzo. Sarebbe stata coccolata e sazia. Le avrei fatto il bagno e le avrei dato da mangiare, l'avrei protetta e avrei imparato tutti i suoi segreti. Lei era *mia*.

La mia reazione mi sciocco. E non ero io il guerriero a cui era stata abbinata. Non potevo neanche immaginare quanto fosse intensa la risposta di Maxim. E così restai al mio posto e lasciai che fosse lui a toccarla.

Se la sua vicinanza lo faceva soffrire tanto quanto faceva soffrire me, con ogni probabilità Maxim non stava più nella pelle dalla voglia di toccarla, di stabilire un contatto. Maxim la toccò mentre io mi mettevo tra lui e il corridoio – e le guardie umane che sentivo correre verso di noi. Era tempo di levarci dalle palle.

"Non devi temerci. Non dovrai *mai* temerci," disse Maxim con un tono che non avevo mai udito prima d'ora. Lo avevo sentito urlare ordini sul campo di battaglia, discutere di faccende politiche durante le riunioni alla base, e urlare di rabbia e dolore mentre lo stavano torturando. Lo avevo sentito ridere e stuzzicare i suoi commilitoni.

Ma non l'avevo mai sentito sussurrare con un tale desiderio.

Dei. La voglia che avevo di lei mi rendeva un relitto. Maxim? Non sapevo come facesse a mantenere il controllo, come riuscisse a resistere all'urgenza di gettarsi questa piccola femmina in spalla e di toglierle ogni scelta.

Mi sentii enormemente sollevato, quando vidi Rachel mettere la sua piccola mano in quella di Maxim, la sua prima dimostrazione di fiducia, di accettazione. Io non esitai. Contattai subito la Custode Egara: "Contatto eseguito. Trasporto."

Non potevo biasimare la sua cautela. Anche io, come

Rachel, avrei avuto i miei dubbi se qualcuno fosse arrivato da un altro pianeta e avesse fatto irruzione nella mia cella per portarmi via.

Tenni d'occhio le sbarre della prigione, facendo la guardia contro ogni possibile pericolo fino a quando il trasporto non cominciò e io sentii la strana torsione che ci trascinava nell'oscurità dove tutti cessavano di esistere per una manciata di secondi prima di riemergere dall'altro lato.

Quando arrivammo al centro di trasporto, la nostra compagna stava balbettando, le gambe tremanti.

La nostra piccola compagna sembrava essere forte, testarda e un po' selvaggia. Ma ora, vedendola così vulnerabile, gli occhi preoccupati, il suo piccolo corpo indebolito, ogni istinto protettivo che dormiva dentro di me si risvegliò ruggendo. Era piccola, molto più piccola di noi due. E, tecnicamente, avevamo appena rapito una terrestre. I tribunali umani non avrebbero dato retta alle nostre spiegazioni. Per gli umani, era un rapimento. Per me e Maxim, era una missione di recupero.

Eppure, ora, in piedi nel centro elaborazione, lontani mille chilometri terrestri dalle guardie e da ogni possibilità di venire catturati, c'erano ancora delle solide barricate tra me, Maxim e la nostra compagna. Non erano più delle sbarre fisiche, ma lo spirito testardo di una donna confusa.

Potevamo portarla sulla Colonia solo se accettava di venirci di sua spontanea volontà. Volontariamente, senza essere costretta. Potevamo tirarla fuori di prigione per la sua incolumità, ma non potevamo costringerla a lasciare la Terra.

L'avremmo convinta. Io non me ne sarei andato senza di lei. Il mio cuore non lo avrebbe mai accettato, e nemmeno il mio cazzo. E io ero solo il suo secondo. Distolsi lo sguardo da Rachel Pierce e guardai il mio compagno d'armi, e non riuscii a leggere i suoi pensieri. Lui non lasciava trapelare nulla, un'abilità imparata dopo anni di battaglia, forgiata durante le torture dello Sciame, e sfruttata come Governatore della Base numero 3.

"Rachel, che piacere vederla di nuovo," disse la Custode Egara mettendosi in mezzo a noi e afferrandole la mano.

Maxim ringhiò e lei fece un passo indietro. Non sembrava spaventata, ma probabilmente si era ricordata dei protocolli da seguire con i guerrieri Prillon. Nessuno poteva mettersi tra un guerriero e la sua compagna.

Forse era stato il trasporto, ma gli occhi di Rachel Pierce avevano un brutto aspetto. "Stai bene?" le chiesi sporgendomi verso di lei, mentre Maxim la teneva ritta. Io volevo reclamare quelle sue labbra piene, assaporarla, ma non era questo il momento. I suoi occhi marroni, di una tonalità più chiari di quelli di Maxim, studiarono il mio volto, muovendosi lentamente sui miei lineamenti, come se avesse problemi ad elaborare quanto stava vedendo.

Per un momento, temetti che il nostro aspetto potesse spaventarla. Noi non eravamo umani. Non assomigliavamo agli uomini a cui era abituata lei.

Ci avrebbe rifiutati?

Mi feci indietro, allarmato. Ma la gentile stretta di Maxim non si allentò, e lei non lo scansò. La preoccupazione svanì dalla mia mente. Era stata abbinata a Maxim. Una compagna legittima. Anche se ora il nostro aspetto la metteva a disagio, aveva solo bisogno di tempo. Tempo per conquistarla. Toccarla. Baciarla. Darle piacere.

Ora non osavo toccarla. Anche se ero il suo secondo, lei non era ancora la mia compagna, non fino a quando non avesse indossato il collare. Io ne portavo uno, e così anche Maxim, ma fino a quando lei non faceva altrettanto, temevo che Maxim potesse avere dei problemi a controllare i suoi istinti di compagno che di sicuro gli infuriavano nelle vene. Una volta accettato il collare, noi tre saremmo stati collegati, un legame psichico che ci avrebbe permesso di conoscere la nostra compagna, di leggere le sue emozioni e i suoi desideri. Non saremmo stati in grado di leggere i suoi pensieri, ma le sarebbe stato impossibile nasconderci la verità. I collari ci avrebbero resi una famiglia, ci avrebbero aiutato a imparare come darle piacere, come farla felice.

Come fare per farla restare con noi.

Maxim si mosse, le accarezzò la schiena con una mano, facendo su e giù, e usò l'altra per stringerle il braccio, come se Rachel avesse bisogno di aiuto per stare in piedi.

"Che cosa succede?" chiese lei con voce tremante.

"Ci ha mandati la Custode Egara," disse Maxim. "Sei in pericolo."

"Cosa? Ma che state dicendo?" Rachel sollevò la mano e fece un passo indietro. Anche se sapevo che Maxim poteva impedirle di muoversi, lui le consentì di ritrarsi. Non sarebbe mai andata da nessuna parte senza di noi.

"Posso parlare?" chiese la Custode Egara.

Maxim fece un passo indietro e la nostra compagna fece un respiro profondo massaggiandosi le tempie.

"La prego, sì." Maxim fece un inchino alla donna che si fregiava di uno dei titoli più rispettati dell'intera Flotta. Nessuno voleva offendere una Custode, non quando il loro lavoro significava avere la possibilità di essere abbinati a una compagna. Di avere una vita dopo la guerra con lo Sciame.

La Custode Egara non si trattenne, e parlò in modo brusco. "Rachel, il suo avvocato è stato informato che le hanno messo una taglia sulla testa."

Volevano ucciderla. L'idea non mi piaceva per niente, e subito contrassi i pugni per la rabbia. Il potenziale assassino si trovava all'interno della prigione, lontano da qui, ma io volevo ritornare lì per dargli la caccia e porre fine alle loro vite per aver anche solo pensato a fare del male a Rachel.

"Cosa? Non capisco!" Rachel si passò le mani tra i capelli scuri e io riuscii a vedere la sua agitazione. Volevo confortarla, ma sapevo che niente di quello che potevo fare avrebbe funzionato. Non ancora. Una volta indossato il nostro collare, saremmo stati in grado di calmarla, di confortarla con i nostri sentimenti.

"Mi ha chiamata John. Il giudice ha negato la sua richiesta di tenerla in isolamento," le disse la Custode. Il suo tono pragmatico stava funzionando con Rachel. Anche se non si stava calmando, quantomeno la sua rabbia e la sua ansia non stavano aumentando. "Verrai trasferita in mezzo agli altri carcerati tra tre giorni."

"E quindi?" chiese Rachel.

"E quindi, chiunque l'ha incastrata non vuole che lei si presenti in tribunale. Non vivrà abbastanza a lungo per presentare le prove che sono in suo possesso."

Rachel spalancò la bocca e fissò la custode.

"Quello che ha scoperto ha messo in pericolo molte persone. Lasciarla in vita non fa che aumentare le probabilità che la verità venga scoperta."

"Io la *verità* l'ho data al mio avvocato."

La custode annuì. "Sì, me lo ha detto. Continuerà a lavorare al tuo caso, proverà a ottenere giustizia, ma tutti i suoi sforzi saranno vani se tu muori."

Maxim ringhiò e spinse Rachel dietro di sé. La Custode Egara sollevò le mani. "Non la sto minacciando. È così che stanno le cose."

Nel mio corpo la rabbia ribolliva chetamente, ma la reazione di Maxim la diceva lunga. Lui era sempre calmo, sempre controllato. Sapeva – così come lo sapevo io – che la custode non rappresentava una minaccia per la nostra compagna. Come sospettavo, le curve di Rachel, la sua vicinanza, il suo profumo stavano spingendo Maxim al limite. Non l'avevo mai visto così agitato, nemmeno quando era nelle mani dello Sciame.

"Cinquemila dollari, Rachel. Ecco quanto basta. Se va in mezzo agli altri detenuti, sarà morta nel giro di una settimana."

Rachel spinse Maxim e girò intorno a lui per mettersi naso contro naso con la custode. La custode non si lasciò intimorire.

"Ma di che diavolo stai parlando?"

"Va' con i tuoi compagni, Rachel. Ormai la Terra non è più un posto sicuro per te."

4

yston

"Voglio parlare con il mio avvocato. Ora."

Il bagliore che riluceva negli occhi di Rachel mi fece capire che era irremovibile. Non l'avremmo convinta al trasporto senza prima discutere della cosa.

"Benissimo." La custode si voltò verso un sottoposto che ci stava guardando e fece cenno di aprire le comunicazioni.

Rachel si diresse verso la stanza di trasporto, mentre noi aspettavamo.

"Rachel?" Dagli speaker uscì una voce maschile.

Lei sollevò gli occhi, e il suo bellissimo volto si accese di speranza. "Ciao, John. Io... ecco, mi hanno fatto evadere."

"Sì, lo so. Mi hanno chiamato un paio di minuti fa." L'uomo fece una pausa e sulla stanza calò il silenzio. "La Custode Egara ha fatto la cosa giusta. Lasciare il pianeta è l'unica cosa che possa farti restare in vita."

"Ma..."

"Morirai prima della fine della settimana. Le donne condannate all'ergastolo non hanno nulla da perdere. Ti uccideranno e per loro non ci saranno conseguenze. Per te…"

Non finì la frase. Non era necessario.

"Cazzate. Non può essere vero." La sua voce si ruppe e le lacrime le colarono lungo le guance. Vidi Maxim che andava da lei per confortarla, ma non ci riuscì. Non poteva. Non ancora.

"Vuoi morire?" chiese la Custode Egara.

Rachel si asciugò le lacrime con il dorso della mano. "Certo che no! Ma voglio essere io a decidere della mia vita!"

"Rachel," la voce dell'avvocato attraversò la stanza. "Hai una scelta. Puoi tornartene in cella e aspettare di essere accoltellata sotto la doccia, oppure puoi andare su un altro pianeta con i tuoi compagni e cominciare una nuova vita."

"La scelta è tua," aggiunse la Custode Egara.

"Non sono queste le scelte che voglio. Io voglio andare a casa, riavere il mio lavoro, il mio cazzo di gatto!"

"Quella vita ormai non c'è più. Lavorerò sul ricorso, per far sì che venga fatta giustizia, ma tu devi prenderti cura di te stessa. Vattene da qui, e alla svelta," insistette John.

Rachel si voltò facendo ondeggiare i suoi lunghi capelli. "Io non vi conosco. Non vi conosco."

Maxim finalmente parlò. Si mise una mano sul petto: "Sì, mi conosci. Qui. Il nostro abbinamento è stato quasi perfetto. Le nostre menti hanno bisogno di tempo per abituarsi. Nel profondo, *sai* che mi prenderò cura di te."

"Non è questo quello che voglio io," rispose lei studiandoci e incrociando le braccia sul petto. Era così coraggiosa.

Maxim scosse lentamente il capo. "Mi dispiace, compagna. Ma io ti ho appena trovata. Non voglio perderti. Non posso restare in disparte e permetterti di mettere la tua vita in pericolo."

Rachel sospirò e si girò dall'altra parte. Si passò una mano sul volto e gemette per la frustrazione. "Dio. È assurdo."

"Morirai, Rachel," ripeté l'avvocato. "Vai. A fanculo tutti quei bastardi. Vattene di qui. Hai la possibilità di una nuova vita. Vivila."

Lei scosse il capo, ma l'avvocato non poteva vederla. "Questa non è la mia vita," ripeté lei.

"Lo è ora."

Si voltò verso la Custode Egara. "Le regole del Programma Spose Interstellari dicono che ho trenta giorni per accettare il mio abbinamento, giusto?"

La custode annuì e il mio stomaco si contorse. Non conoscevo abbastanza bene le regole dell'abbinamento per sapere una cosa del genere.

"Corretto. Puoi rifiutare l'abbinamento entro trenta giorni. Tuttavia –" la custode le si avvicinò la prese per mano, "- sei stata abbinata alla Colonia, e quindi, anche se rifiuti Maxim e il suo secondo, il centro ti abbinerà a un altro dei guerrieri che vivono lì. Non tornerai mai più sulla Terra."

"Tu sei tornata," rispose Rachel. "E sono certa che anche altre spose saranno tornate."

La faccia della custode nascondeva ogni emozione. "Sì, è vero. Sono tornata. E così anche altre due. Ogni incidente era un caso a sé stante, niente a che vedere con il tuo. Una donna abbinata a Trion è tornata non molto tempo fa, ma il suo compagno era creduto morto e lei era stata trasportata nel mezzo di una battaglia. E da allora lei è tornata su Trion assieme a suo figlio. I miei compagni sono stati entrambi uccisi dallo Sciame e io accettato di essere riassegnata per aiutare gli altri a trovare la felicità. I tuoi uomini sono vivi e non combattono più in prima linea. La Colonia è in pace, e il vostro abbinamento è forte. Potrai anche scegliere di essere abbinata a qualcun altro, se questi due non riescono a conquistarti, ma non tornerai."

"Fa' la tua scelta, Rachel," disse l'avvocato. "Adesso sei una fuggitiva e anche se posso fare qualcosa, più tempo impiego a rispondere, peggio sarà per te se decidi di ritornare in prigione."

L'agitazione di Rachel raggiunse il culmine. Strappò via la mano da quella della custode e si mise a camminare, tremante. Io morivo dalla voglia di abbracciarla, ma non osai toccarla. Sembrava che il minimo aumento di pressione sarebbe bastato a farla andare in frantumi. E sapevo anche che non sarebbe stata felice con quello che stava per succedere. Maxim, con il viso impassibile, aspettò che lei prendesse la sua decisione. Ma il collare Prillon che avevamo portato per lei giaceva inerme nel palmo della sua mano. Quel collare avrebbe connesso la nostra compagna a tutti e due noi, creando un legame intimissimo. Le sue emozioni sarebbe diventate le nostre. Sarebbe stata acutamente conscia del nostro desiderio. Non avevo dubbio che la nostra piccola compagna ne sarebbe stata sopraffatta.

Un silenzio teso si prolungò, mentre Rachel si passava le mani sulla faccia e sul collo, attraverso i capelli, una serie di gesti per rassicurarsi. Volevo essere io a rassicurarla a quel modo. La tenerezza che mi si gonfiò nel petto era sia benvenuta quanto inaspettata.

Ero stato un duro bastardo per un sacco di tempo. Mi ero creduto incapace di sentimenti tanto dolci. Ma era questo il miracolo di una compagna, e io pregavo gli dèi che lei non ci rifiutasse.

"Va bene. Va bene. Ci vado!" Non sembrava convinta,

ma non importava. Aveva acconsentito. Una volta portata sulla Colonia, potevamo dimostrarle quanto la desideravamo. Quanto avevamo bisogno di lei. Avrebbe scoperto cosa significava essere amata e protetta da due guerrieri Prillon come noi.

"Buona fortuna, Rachel. Terrò la custode aggiornata," disse l'avvocato. "Ma fino a quando lei non invia il rapporto ufficiale, questa conversazione non è mai avvenuta."

"Sono d'accordo." La Custode Egara si avvicinò al tavolo per prendere un tablet, vi passò sopra le dita e lo studiò. "Rachel Pierce, in base ai protocolli della Coalizione, devo porti una serie di domande. Hai acconsentito all'abbinamento effettuato dai test del Programma Spose Interstellari. È corretto?"

Rachel guardò Maxim, poi me, poi sollevò il mento con fare risoluto. "Sì, è corretto."

"Sei legalmente sposata?"

"No."

"Hai figli?"

"No."

"Ottimo. Normalmente, verresti sottoposta a tutte le procedure necessarie prima di venire trasportata verso il pianeta a cui sei stata abbinata, ma, tuttavia, ora abbiamo a che fare con delle circostanze piuttosto inusuali. Il tuo compagno e il suo secondo sono qui. Di conseguenza, ti privo del tuo status di cittadina della Terra. Adesso sei ufficialmente una cittadina di Prillon Prime e del loro pianeta secondario, la Colonia. Sei ufficialmente una sposa Prillon."

Un piccolo suono scappò dalla gola di Rachel, ma non disse nulla. La sua nuova realtà era qui. Ufficialmente – e legalmente – era nostra.

"Grazie, Custode," disse Maxim. "Rachel, ti do la mia parola, non ti faremo mai del male. Non devi temere me, né devi temere Ryston. È nostro compito proteggerti, amarti. Rivendicarti."

La guardai deglutire, poi annuire, gli occhi sgranati.

"Appartieni a me, e appartieni a Ryston –" nessuno all'interno della stanza poté non notare come la parola "appartieni" le desse fastidio, con i suoi occhi che si ridussero a due sottili fessure e le sue braccia che si incrociarono sul petto "- e dobbiamo assicuraci che tu stia al bene e al sicuro. Non puoi andare sulla Colonia, se non indossi questo."

Sollevò il collare, il collare che un giorno sarebbe stato dello stesso colore di quello che portavo io, di quello che portava Maxim. Dovevamo indossarlo tutti e tre per poter completare il cerchio.

Lo guardò in modo strano. "A che... a che serve?"

"Questo collare ti marchierà come sposa Prillon, e dirà a tutti quanti gli altri che sei stata reclamata." La sua voce era un ruglio profondo, ma lei non si lasciò intimidire. Grazie agli dèi. Quando Maxim usava la sua voce da comandante, uomini grandi e grossi se la facevano nei pantaloni.

Rachel guardò la Custode Egara. "È come una fede nuziale?"

La custode sollevò un sopracciglio e annuì. "Una specie. Un segno visibile a tutti che hai dei compagni, sì. Ma è qualcosa di più."

"Non capisco." Rachel guardò prima il collo di Maxim e poi il mio. Continuò a guardarci mentre io le rispondevo.

"Senza il collare, ci sfideranno per averti. Sulla Colonia non ci sono molte donne. Noi siamo dei guerrieri esiliati, dimenticati. Tu sei la prima Sposa Interstellare che viene inviata da noi. Senza il collare, ogni guerriero che ti vedrà proverà a reclamarti e a farti sua."

"No," fu su la sua risposta istantanea e veemente.

"La penso anche io così, compagna." Maxim le si fece vicino e la guardò. "Tu sei mia. Distruggerò chiunque provi a portarti via da me."

"E io lo aiuterò," aggiunsi io. Rachel ci guardò, e non ora a occluderle la vista non era la paura, ma il desiderio.

Si mise le mani attorno alla gola, una dolce dimostrazione di nervosismo, e a me venne voglia di bloccarle le mani dietro la schiena e baciarla. Ma lei si rivolse a Maxim. "Tipo cavernicoli?"

La Custode Egara si mise a ridere. Non sapevo cosa intendesse dire, e fu la custode a venire in nostro soccorso. "Sono intensi, Rachel. Ma, te lo prometto, ti tratteranno come una dea. È nel loro DNA." La custode indicò il collare con il mento. "Il collare ti connetterà ai tuoi compagni in un modo che è difficile da spiegare. Saranno in grado di percepire le tue emozioni, e tu saprai cosa provano loro quando sarai loro vicina."

Maxim sollevò il collare e contrasse la mascella sentendo la piccola mano di Rachel che sfiorava la sua per afferrare il collare. "Affascinante. Come funziona?" Guardò il mio collare e io fui sollevato nello scorgere curiosità, e non paura, nel suo sguardo.

"Non sono uno scienziato, compagna. Non lo so."

"Nemmeno io," aggiunse Maxim. "Io ero un comandante, ora solo il governatore della Base numero 3. Ma, dopo il tuo arrivo, potrai chiedere al dottore tutto quello che vorrai. Gli fracasserò il cranio se non ti risponde in modo soddisfacente."

"Ragazzi, voi siete un po' troppo." Passò le dita sulla liscia fascetta di colore nero. Al suo interno era piena di circuiti microscopici che l'avrebbero collegata a noi per sempre. E una volta reclamata in modo ufficiale, il collare sarebbe stato identico al mio e a quello di Maxim, di un feroce color bronzo che sarebbe stato magnifico sulla sua pelle cremosa.

Rachel sospirò e sollevò la testa. "Veramente devo mettermelo prima di andare?"

Faceva domande su tutto, e io non potevo biasimarla, ma stavo diventando impaziente. Volevo portarla sulla Colonia, dove nessuno avrebbe potuto portarcela via, dove avremmo potuto proteggerla. Dove non poteva scappare.

Maxim le offrì un raro sorriso. "Tu non ne sai molto della Colonia. Devi fidarti di noi. Adesso sei l'unica cosa che conta per noi. Non permetteremo mai che tu soffra."

Rachel scosse il capo. "Parole grosse, guerriero." Si leccò le labbra e tornò a concentrarsi sul collare. "Parole molto grosse." I suoi dubbi erano evidenti, e non potevamo farci nulla. Era stata tradita dalla sua stessa gente. Ci sarebbe voluto del tempo per guadagnare la sua fiducia. Tempo che avremmo avuto in abbondanza, una volta lasciato questo cazzo di pianeta.

"Siamo un pianeta di esiliati. Non siamo più adatti alla vita del nostro pianeta natale. Come te, siamo stati intrappolati contro il nostro volere, per motivi che esulano dal nostro controllo. Comprendiamo la tua frustrazione, la tua paura." Maxim fece un passo in avanti e le accarezzò la guancia. Lei non cedette al suo tocco, ma nemmeno si scostò. Era un inizio.

"Va bene," disse lei rilassando le spalle. "Facciamolo."

L'attesa mi tolse il respiro. Rachel sollevò il collare e se lo mise attorno alla gola. Si sollevò i capelli e agganciò le due estremità. Mi accorsi dell'istante esatto in cui quelle due estremità si chiusero. E, d'improvviso, sentii il nostro legame.

Sentii *lei*.

Rachel

Afferrai la sottile strisciolina nera. Sembrava innocua come un pezzo di stoffa col quale avrei potuto legarmi i capelli quando ero piccola, ma mi sentii come un cane che si metteva un collare. Se i miei compagni non ne indossassero uno a loro volta, mi sarei rifiutata.

Paese che vai...

I collari non erano più larghi di un paio di centimetri ed enfatizzavano le grosse fasce muscolari del collo dei miei compagni. Il mio era nero, ma i loro erano di un bellissimo color bronzo. E invece di farli apparire effeminati o deboli, le fasce color ottone li facevano sembrare dei guerrieri selvaggi. Ancora più forti. Ancora più *strani*. Esotici e sexy e irresistibili.

E la mia fica aveva cominciato a reagire contraendosi ancor prima di aver cominciato a elaborare lo strano colore della loro pelle e dei loro occhi.

Maxim, quello grosso, il compagno a cui ero stato abbinata, era alto quasi due metri. Indossava un'uniforme scura che assomigliava alle mimetiche utilizzate per nascondersi nell'ombra, o nello spazio aperto. I suoi lineamenti, anche se erano perlopiù umani, erano un po' troppo affilati, e la sua pelle era di un marrone rossastro, le ricche tonalità di un afroamericano, eppure più vicini all'ottone, più caramello e meno caffellatte. Erano uno strano colore che sfidava ogni tentativo di descrizione, ed era bellissimo. Notevole. Volevo toccarlo, sentire il calore emanato da quel colore. I suoi occhi erano scuri, un marrone ricco che mi faceva sentire come se stessi affogando. Quando lo guardavo negli occhi non riuscivo a pensare. Diamine, non riuscivo nemmeno a respirare. E questo mi spaventava moltissimo.

Certo, aveva divelto le sbarre della mia cella come se fosse Superman, e quindi tutti gli estrogeni nel mio corpo erano andati su di giro. Se un uomo riusciva a fare quello con le sue mani, chissà cos'altro era in grado di fare.

Il mio secondo compagno, Ryston, era altrettanto grosso, ma di qualche centimetro più basso. Indossava la stessa strana uniforme rinforzata, ma sembrava un'aureola dorata che cammina. La sua pelle, i suoi capelli – persino i suoi occhi – erano di un giallo pallido così chiaro che sembrava argento. Il suo occhio e la sua tempia sinistri erano stati modificati da un qualche tipo di impianti cyborg che creavano delle strambe tracce di blu argentato nella sua pelle e facevano come rifulgere il suo occhio.

Guardai la custode e mi chiusi il collare attorno alla gola. Le due estremità si chiusero automaticamente non appena furono vicine, come due magneti che trovano i loro opposti. Un calore insistente mi inondò il collo, poi mi schizzò su e giù per la spina dorsale. Rabbrividii sentendo il calore che si diffondeva all'interno del mio cranio, come se qualcuno mi stesse versando una brocca di acqua calda dentro la testa, riempiendomi fino all'orlo.

Poi scattò qualcosa. Solo così posso descrivere quello che successe. E poi...

Dio.

Dolore. Lussuria. Preoccupazione. Desiderio. Potere. Solitudine.

Le emozioni dei miei compagni mi investirono con una ferocia che mi fece collassare le ginocchia.

Ma prima che potessi crollare sul pavimento le forti braccia di Maxim mi sollevarono, mi strinsero contro il suo petto come se fossi una bambina. Infatti mi sentivo piccola e indifesa, mentre il caos che ribolliva dentro di me non faceva che aumentare.

E toccarmi lo faceva *soffrire*. Non era un dolore fisico, ma un bisogno emozionale, che era così profondo, che per tanto a lungo era rimasto a digiuno, che gli bastava toccarmi per farlo soffrire.

Maxim mi prese tra le braccia. Io chiusi gli occhi e mi rilassai. Avevo preso la mia decisione. Ora lottare non aveva più alcun senso.

"Siamo pronti per il trasporto, Lady Egara." La voce profonda di Maxim gli rimbombò nel petto e mi attraversò il corpo, facendomi appesantire i seni e fremere di desiderio.

Merda. Ero in bel cazzo di guaio.

"Non chiamarmi così." Per la prima volta, la voce della custode Egara sembrava confusa.

Fu Ryston a rispondere: "Lei sarà per sempre una lady di Prillon Prime. Il fratello del suo compagno le manda i suoi saluti."

Maxim doveva essere riuscito a controllare le proprie emozioni, perché l'esplosione di sensazioni che sentivo provenire da lui si affievolì e io feci un respiro profondo, grata di aver ritrovato il controllo del mio corpo. Ero in controllo, ma non avrei impedito ai ricordi di investirmi, non ora che avevo due uomini tutti miei. Due compagni. Due corpi tra cui giacere. Due cazzi enormi per farmi allargare, riempirmi, per farmi urlare...

Merda. Quel sogno, d'improvviso, cominciò a ripetersi in loop nella mia mente, e non l'unica cosa a cui riuscivo a pensare era scopare. Essere presa. Reclamata. Desiderata.

Lussuria era una parola troppo fiacca per la spirale di emozioni che mi turbinava nel petto. Mie. Di Maxim. Di Ryston. Non potevo dire quali emozioni fossero le mie e quali fossero le loro. Ma le loro emozioni avevano un sapore differente nella mia mente. Quelle di Maxim era come un fuoco freddo, tanto intenso che a toccarlo uno poteva bruciarsi fino all'osso. E quelle di Ryston erano come una tempesta dentro di me, ardente, impaziente e desiderosa.

"Controllati." L'ordine di Maxim penetrò a malapena, ma subito dopo entrambi i miei compagni spensero le loro emozioni il più possibile. Infatti, d'improvviso, riuscivo di nuovo a pensare. Stavo pensando ancora ai loro cazzi che mi riempivano, alle loro mani sul mio corpo, ma almeno *riuscivo* a pensare.

Aprii gli occhi e vidi che Maxim mi aveva portata in una strana stanza illuminata da strane luci bluastre. Di fianco a noi, sul pavimento, c'era una strana vasca di acqua blu che aveva un odore stranamente invitante.

Ryston era in piedi di fianco a noi. Ma non stava guardando la custode. I suoi pallidi occhi dorati erano solo per me.

E, improvvisamente, le sue emozioni mi investirono facendomi contorcere. Desiderio. Paura del rifiuto. Speranza. Desiderio. Rabbia per chi mi aveva minacciata. Vergogna di fronte al bisogno che provava di toccarmi, ma testardo orgoglio nella sua capacità di resistere.

Tutto ciò che di femminile e gentile c'era in me rispose al dolore del mio compagno. Avevo bisogno di confortarlo. Avevo bisogno di offrire conforto a quella stoica sofferenza emotiva.

"Dio, sono nei guai," mormorai a me stessa, ma entrambi i miei compagni si voltarono verso di me. Si *concentrarono* su di me. Completamente. Come se, in tutto l'universo, l'unica cosa che contava fossero le mie prossime parole. Era stupefacente e meraviglioso allo stesso tempo.

Tesi la mano verso Ryston, incapace di negargli anche

per un altro solo istante quello di cui aveva bisogno in modo così disperato.

La sua enorme mano dorata avvolse la mia e la sua gratitudine e la sua contentezza mi investirono ancora prima delle sue parole. "La mia carne contamina non ti spaventano?"

Gli strizzai la mano e lo guardai confusa. "Carne contaminata?"

Anni di fisiologia e biochimica balzarono tutti sull'attenti mentre aspettavo la sua risposta. Non importava cosa ci fosse che non andava in lui, avrei trovato un modo per sistemarlo. Comprendere le reazioni biochimiche era tutta la mia vita. Beh, lo *era* in passato. Prima di GloboPharma, prima della prigione, prima... degli alieni.

Forse questi alieni avevano bisogno di me. Forse avrei potuto rendermi utile. La prospettiva di avere un rompicapo da risolvere compensava quasi la mia preoccupazione per la salute di Ryston. "Che cosa vuoi dire? Con cosa sei contaminato? Dove si trova?"

Maxim ispirò velocemente. Avevo detto qualcosa di inaspettato. Le loro emozioni mi inondarono la mente. Choc. Incredulità. Confusione.

"Questo, compagna. La mia faccia. Il mio occhio. Il braccio di Maxim. Portiamo i segni della crudeltà del nemico." Ryston si indicò le placche argentate che aveva sulla tempia.

Studiai gli strani circuiti dall'aspetto computerizzato che erano stati incastonati nella carne di Ryston. L'intera area non era più grande del palmo della mia mano. Non esattamente quel che si potrebbe chiamare un buon esempio di body art. Volevo toccarlo, giusto per vedere come sarebbe stato sotto i miei polpastrelli. E la mia speranza per qualcosa di utile da fare nel futuro svanì. "Tutti hanno delle cicatrici. Le vostre non sono un problema."

Era la verità. Qualche stramba linea argentata? Che problema. Avevo visto motociclisti con tutto il torso tatuato in un caos mille colori dove convivevano teschi, donne nude, rune celtiche, animali e chi più ne ha più ne metta. Avevo visto gente che era sopravvissuta agli incendi, con cicatrici ben più grandi e ben più ovvie di un piccolo filamento d'argento. Diamine, lavoravo nel reparto radiologia del centro per la cura del cancro.

Il sorriso di Ryston mi fece dolere il cuore. Si sporse in avanti per baciarmi il dorso della mano. "Sei un vero miracolo, compagna."

"Io non ne sarei così convinta." Non capivo a fondo cosa rappresentassero quelle cicatrici, a quando sembrava. La risposta di Maxim fu altrettanto forte, le sue emozioni mi bombardarono con speranza e sollievo.

I miei compagni avevano bisogno di un bel bagno di realtà, di vedere delle cose veramente raccapriccianti se pensavano che sarebbe bastato un accenno di argento nella loro pelle per farmi andare via. *Ma per favore.*

Mi avevano fatto evadere di prigione. Mi avevano conquistato al "Ciao".

Maxim mi diede un bacio sulla testa e io mi sentii irrazionalmente rincuorata da quel gesto, la sua aperta manifestazione di affetto mi scaldò il cuore.

Non avrebbe dovuto importarmi. L'attaccamento emotivo era completamente irrazionale. Li conoscevo sì e no da quindici minuti. E mi importava eccome. Per qualche motivo, mi portava più di quanto non fossi pronta ad ammettere. E dopo essere stata da sola tanto a lungo, era bello essere stretta da qualcuno, essere toccata. Essere amata – almeno era questo quello che il collare mi faceva sentire.

"Siamo pronti per il trasporto, Custode."

"Non ancora, Governatore. Anche se le ho impiantato la NP così da permettervi di capirvi a vicenda, devo ancora preparare il suo corpo per il trasporto."

Maxim sospirò, chiaramente impaziente, ma senza voler mettersi a discutere con la custode. "Cosa dobbiamo fare?"

"Mettetela nella vasca e indietreggiate. Prima trasporterò voi due. Una volta che il protocollo è stato avviato, sarà questione di minuti prima che vi raggiunga."

Ryston mi strizzò la mano e mi lasciò andare, per quanto riluttante. Maxim, allo stesso modo, sembrava stranamente turbato dall'idea di venire separato da me, anche se per un breve periodo di tempo.

Per essere degli alieni grossi e cazzuti, erano proprio due teneroni. E mi piaceva. Mi piaceva un sacco.

Maxim mi baciò sulla fronte prima di chinarsi e di depormi nella vasca piena di acqua blu, tutta vestita. L'acqua era calda, un bel bagno caldo, e immediatamente cominciai a sentirmi letargica, sonnolenta.

Prepararmi per il trasporto? Ma che diavolo significava?

Mi girai verso la Custode Egara, ma le mie domande cominciarono subito a svanirmi dalla mente, come se non avessero più nessuna importanza. Niente aveva importanza. Mi sembrava di essere in un sogno. Un sogno confortevole e meraviglioso. La custode agitò la mano e passò le dita sul tablet. "Buona fortuna, Rachel. La tua nuova vita comincerà tra tre... due... uno..."

Provai a restare sveglia, ma la forte luce bluastra ci circondò e la mia testa improvvisamente si fece pesantissima.

Il muro grattò e degli ampi pannelli si mossero chiudendoci come topi in gabbia. Per mezzo secondo, l'unica cosa a cui riuscii a pensare fu la realtà scientifica del trasporto, del mio corpo che veniva frantumato in un miliardo di pezzettini di dati e in qualche modo inviato a miliardi di chilometri di distanza, attraverso l'universo, verso uno strano pianeta che non avevo mai visto.

Posto che tutti quei miliardi di pezzettini venissero riassemblati nel modo giusto, non avrei mai più visto la Terra. Non avrei mai più indossato il mio camice bianco, né avrei mai più guidato la mia macchina. O sentito l'odore di una rosa. O guardato la neve fioccare sulle montagne. O stretto un cagnolino. Cose stupide. Piccole cose. Ma perderle tutte assieme faceva male.

Non ero pronta per questo. Se mi fossi offerta volontaria per il Programma Spose, o se avessi avuto in mente di accettare un abbinamento, avrei potuto abituarmi all'idea prima di arrendermi. Ma nella fretta mi sembrava che mi venisse rubato qualcosa. Come se i miliardi di piccole cose che mi rendevano me stessa mi venissero portati via. E non avevo altra scelta.

Sì, avevo due alieni muscolosi che avevano giurato di proteggermi, ma, in qualche modo, non ero sicura che sarebbe bastato. Pensare che non avrei mai più dormito nel mio letto mi fece riempire gli occhi di lacrime. Era una cosa stupida, eppure... non riuscii a trattenermi.

Un piccolo gemito mi scappò dalla gola prima che riuscissi a controllarmi, ma la voce di Maxim riuscì a entrare dentro di me e a calmarmi.

"Tu sei mia, Rachel. Non permetterò mai che tu soffra."

Quel giuramento mi affondò nella testa e nel cuore, e io sentii la veemenza di quelle parole fluire attraverso il corpo di Maxim. Diceva sul serio.

Lui era mio. Tutto mio. Questo feroce guerriero, così

grosso, così potente, era devoto a me e a me soltanto. Del tipo che era pronto a morire per me.

Non era una nuova vita, ma era un inizio.

E, diamine, non mi aiutò a fidarmi di lui e ad arrendermi alle tenebre che si sollevarono per prendermi.

5

achel

Mi girava la testa. Mi svegliai e mi ritrovai distesa all'interno di una specie di stazione medica. La stanza era spoglia, per usare un eufemismo. I miei compagni erano in piedi di fianco a me, spalla controllo spalla, mentre il terzo Prillon con indosso un'uniforme verde scura era in piedi vicino ai miei piedi.

Sbattei le palpebre e i miei compagni si chinarono verso di me. "Sono sulla Terra?"

"No, sei sulla Colonia," disse Maxim avvolgendomi con qualcosa. "È andato tutto bene e ci hanno trasportati direttamente nell'unità medica, così che il dottore possa assicurarsi che tu stia bene. Due trasporti in un giorno possono essere provanti, e tu sei piccola e fragile."

Piccola? Fragile? Ero al di sopra della media in tutto: peso, altezza, misura di reggiseno e atteggiamento; e avevo lavorato quattordici ore al giorno, ogni giorno, per gli ultimi quattro anni. Durante la specialistica facevo due lavori. Solo perché non volevo farmi ammazzare in prigione non significava che ero fragile. O debole.

Guardai in basso e notai la coperta grigia. Ero nuda sotto e riuscivo a sentire che il tavolo su cui ero distesa era freddo. L'idea di essere nuda mentre loro erano tutti vestiti aveva il suo fascino, ma non così. Non con quel dottore dall'aria così severa. Tutto questo non era per niente eccitate.

"Sì, adesso devo visitarla."

Anche il dottore era un Prillon, la sua pelle era di una tonalità fra quella di Maxim e quella di Ryston. Cominciavo a identificare i loro tratti fisici caratteristici. Le loro personalità dominanti. Andava più che bene con i miei compagni. Riuscivo a percepire le loro emozioni. Potevo perdonare loro questo atteggiamento un po' prepotente quando sentivo il desiderio che accompagnava le loro azioni e le loro parole. Ma il dottore? No.

Mi tirai su spingendo sui gomiti e mi misi a sedere. Guardai il dottore sistemandomi la coperta sulla schiena. Notando i miei sforzi, Ryston mi aiutò a coprirmi e lanciò un'occhiata al dottore. Indossava un'uniforme verde scura, più simile a un camice che un'armatura. Il suo colorito era dorato, più simile a quello di Ryston che a quello di Maxim, ma anche più scuro. Era come del miele mischiato al caramello. Non riuscivo a vederlo a figura intera, ma la sua mano sinistra era stranamente argentata, proprio come la tempia di Ryston. Era l'unica parte cyborg che potessi vedere. Forse ne aveva altre sotto la maglietta, ma non mi importava. Gli unici alieni che volevo vedere nudi erano i miei.

Il dottore stringeva in ogni mano uno strano strumento,

ne sollevò uno e me lo agitò davanti. Delle luci si accesero sul tubo cilindrico e lui le studio.

"A che serve quella bacchetta magica, dottore? Riesce a rilevare i cambiamenti a livello vascolare, i livelli di ossigeno nel sangue? I soliti segnali vitali?" chiesi. "Certo, io non so cosa sia un segnale vitale per voi."

Il dottore inarcò un sopracciglio.

"Questo strumento analizza tutto, dall'irrorazione capillare al funzionamento dei tuoi reni. Se ci sono delle anormalità, me lo dice. E quindi eseguo un secondo test."

Una risposta ragionevole. Continuò ad agitare la bacchetta intorno a me mentre Maxim e Ryston mi guardavano come se fossi sul punto di balzare già dal tavolo e darmela a gambe levate, o come se potessi implodere dopo il trasporto. Riuscivo a percepire la loro preoccupazione, ma non ne comprendevo la causa. Mi stavo perdendo qualcosa? Mi guardai. In che modo mi avevano preparata per il trasporto? In che modo mi avevano modificata per vivere su questo pianeta? Per essere una sposa Prillon? Mi portai una mano sul viso e cercai di sentire se mi avessero messo un impianto metallico nell'occhio.

"Sei ferita?" mi chiese Maxim. Il dottore mi passò la bacchetta sul viso.

Scossi il capo. "No. Mi chiedevo... mi chiedevo che cosa mi è stato fatto prima del trasporto. Anche a me hanno messo della roba argentata?"

"No. Assolutamente no. Nessun impianto dello Sciame corromperà mai la tua carne perfetta. Te lo assicuro. Ti terremo al sicuro lontana dallo Sciame, da qualsiasi pericolo."

Il dottore si schiarì la gola. "Salve. Io sono il dottor Surnen."

"Dottore." Forse non avrei dovuto rispondere così, ma

starmene seduta qui, nuda, circondata da tre alieni, mi innervosiva non poco.

Il dottore continuò a parlare e a scansionarmi. "Tipicamente, prima del suo arrivo, una sposa Prillon riceve degli impianti per il regolamento del corpo e un check-up completo."

"Impianti per il regolamento del corpo?" Ma. Che. Diamine.

Il dottor Surnen si scurì in volto e io mi chiesi se era così che lui arrossiva. Serio? Non aveva mai visto una ragazza prima d'ora? Che cosa mi avevano fatto prima che mi svegliassi?

"Impianti microscopici vengono inseriti in tutte le cavità escretorie. Comunicheranno costantemente con il nostro sistema ed elimineranno tutti i rifiuti organici dal tuo corpo. Tutta la materia verrà dunque raccolta e riassegnata dal nostro Generatore di materia spontaneo. Le chiamiamo unità S-Gen. Sono certo che i tuoi compagni ti mostreranno come usarlo, una volta tornati nei vostri alloggi."

Ero senza parole. Davvero aveva appena detto quello che pensavo avesse appena detto? "Quindi non devo più svuotarmi la vescica o gli intestini? Mai più?"

Il dottore annuì e rilassò le spalle, chiaramente sollevato dal fatto che avessi capito. "Coretto. Fino a quando resterai a distanza di trasmissione, qui, sulla Colonia, su Prillon Prime, o su una delle nostre corazzate."

Non sapevo nemmeno cosa pensare. Da scienziata, ero colpita. La tecnologia di cui parlava il dottore era così avanzata rispetto a quella della Terra che la mia mente non riusciva a pensare ad altro – e non considerava il fattore disgusto come invece avrebbe dovuto.

Ma quel pensiero mi volò via dalla mente quando il dottore prese degli altri strumenti e mi disse: "Distenditi sulla schiena, metti i piedi sul bordo del tavolo e spalanca le gambe."

Sollevò un oggetto che assomigliava a un dildo con un paio di *cosi* che spuntavano. Nel mio comodino ne avevo anche io uno, uno di quei fidanzati-a-batteria. Quale donna single non ce l'aveva? Questo però non voleva dire che volevo che qualcuno ne usasse uno con me con la scusa della scienza medica. Con un amante, certo. Se Maxim o Ryston mi avessero ordinato di fare la stessa cosa, forse avrei obbedito, anche solo per vedere cosa sarebbe successo, ma non se a chiedermelo era questo dannato dottore.

Feci esattamente l'opposto e strinsi le cosce l'una contro l'altra. "Non penso proprio."

Il dottore ripeté la richiesta.

"I tuoi test ti avranno fatto capire che ci sento benissimo," risposi. "La risposta è sempre no."

Il dottore contrasse le labbra e guardò Maxim e Ryston.

"Saranno pure i miei compagni, ma non comandano loro. Il corpo è mio, scelgo io."

"Dite così sulla Terra?" chiese lui.

"Spiegami, in termini Prillon, perché hai bisogno di ficcare quel coso dentro di me."

"I sensori mi aiuteranno a stabilire se il tuo sistema nervoso funziona a livelli ottimali, se sei in salute e puoi essere ingravidata."

Spalancai la bocca capendo che diceva sul serio. Anzi, capii che quest'uomo – no, questo Prillon – era sempre serio. E quindi guardai Maxim e Ryston, che restavano in silenzio.

"Io sono una scienziata. Ho un dottorato. Non sono così ingenua da pensare che per testare il sistema nervoso di un essere umano devi infilarmi quel coso nella vagina. E poi, no, scordatelo."

Saltai giù dal tavolo e mi strinsi la coperta attorno alle spalle.

"Rachel –"

"Ingravidata?" Quella parola mi fece vedere rosso. "Io non sono un cane, e questo non è un allevamento canino." Ci vedevo rosso, letteralmente. Barcollai per un momento, la mia pressione sanguigna era andata alle stelle. "No. Riportatemi indietro. Io non ci gioco a questi giochi. Con nessuno di voi."

Quando tutti e tre gli uomini si corrucciarono confusi, proseguii. "Cercherò di farmi capire. Quando eravamo sulla Terra, eravate preoccupati che la vostra carne contaminata potesse in qualche modo sminuirvi di fronte ai miei occhi. E ora volete vedere se sono fertile? E se non lo sono? Che succede se non posso avere figli? Allora sarò *io* il problema? Pensavo che ci avessero abbinati perché eravamo *perfetti* l'uno per l'altra. Non in base al fatto se posso o meno restare incinta."

"Lasciate che la vostra compagna vi parli così?" chiese il dottore a Maxim. La sua voce era brusca e un po' sorpresa.

Questi tizi avevano bisogno di un bel calcio nelle palle. Seriamente. Questo posto aveva bisogno che altre donne li facessero progredire. "E io che pensavo che voi eravate una razza avanzata. Siete ridicoli." Mi diressi verso quella che sembrava una porta. Ne aveva l'aspetto. Una grossa porta grigia che speravo di fosse aperta da sola. Avrei trovato il modo di tornare nella stanza di trasporto e avrei attribuito questo sbaglio a un momento di ingenua debolezza.

Avevo trentadue anni, non ventidue. Non ci credevo alle fiabe.

La porta non si aprì, e allora mi feci coraggio per chiedere di essere librata. Mi girai verso Maxim che mi guardava intensamente. Il dottore mormorò qualcosa, ma a me non importava sapere cosa avesse detto. Ryston era lì, in piedi, e aspettava.

Dio, ma che razza di pianeta era questo? Alle persone non era permesso di parlare per difendersi? Se la risposta era no e io avevo fatto qualcosa di orribilmente sbagliato cinque minuti dopo essere arrivata, cosa avrebbe fatto lui al riguardo?

"Sì, la mia compagna può parlarmi come vuole," disse Maxim. "E lei ha ragione."

Espirai. Non mi ero accorta che stavo trattenendo il respiro.

"Non puoi fare sul serio," rispose il dottore. "Il test è obbligatorio per tutti le –"

Maxim sollevò una mano per zittirlo. "Ne sono ben conscio, ma anche la mia compagna ha ragione. Non mi interessa se è fertile o no. È irrilevante."

"Ma è anche per questo che accettiamo delle compagne dal Programma Spose: per metter su famiglia sulla Colonia. Per crescere."

Questa non era l'arca di Noè, per l'amor del cielo. Dubitavo che conoscessero quella storia e dubitavo che volessero sentirla. Ma ero lieta che Maxim fosse d'accordo con me.

"Non spetta interamente a lei di procreare le generazioni future della Colonia, Dottor Surnen. Ricordati che il legame che io e Ryston condividiamo con Rachel è più forte del solito. Abbiamo i collari e il legame che essi creano, ma siamo anche stati abbinati dai test del Programma Spose Interstellari. Siamo perfetti l'uno per l'altra. Io non la rifiuterò, a prescindere dai risultati del test. Di conseguenza, il test non è necessario. Lei è nostra."

L'angolo della sua bocca si sollevò mentre mi porgeva la mano. Io guardai le dita lunghe e lisce, poi mi avvicinai a lui e la afferrai. Il suo tocco era sorprendentemente gentile, per essere uno così grosso. E tutt'insieme sentii le sue emozioni, il potere che gli ribolliva nel petto. Era arrabbiato – forse col dottore, o forse per un altro motivo. Non ne avevo idea. Speravo soltanto che non fosse arrabbiato con me.

"In quanto governatore, devi dare l'esempio," aggiunse il dottore.

"Sì, è vero. Ma non era mai successo che uno di noi trovasse una compagna grazie al Programma Spose."

"Ed è proprio per questo che dobbiamo assicurarci che stia bene." Il dottore era come un cane con il suo osso. Moriva così tanto dalla voglia di infilarmi qualcosa nella vagina?

Maxim afferrò la sonda e la lanciò a Ryston.

"Grazie per la tua opinione professionale al riguardo. Controlleremo noi la nostra compagna. In privato. Se dobbiamo metterle qualcosa nella fica, non sarà di certo una sonda."

Oh. Mio. Dio. La combinazione creata dall'autorità di Maxim e dalla sua sfacciata allusione mi fece bagnare come non mai. Mi immaginai *esattamente* cosa avrebbe usato per sondarmi. Poi guardai Ryston e immaginai la sua, di sonda. Sussultai, e poi sussultai di nuovo quando Ryston studiò lo strumento medico e lo poggiò sul tavolo prima di venire al mio fianco. Mi ritrovavo circondata da due guerrieri Prillon, enormi e serissimi, che avevano detto che io ero loro.

Il dottore annuì. "Come desiderate. Posso offrirvi una SAA? È il protocollo standard per tutte le nuove spose Prillon, e serve a far sì che tutto sia piacevole, senza problemi. Se non la preparate a dovere per la cerimonia di rivendicazione, lei sarà estremamente a disagio."

Preparata a dovere? Ma di che diavolo stava parlando? Non ne avevo idea, ma Maxim annuì e il dottore si avvicinò a un armadio per recuperare una piccola scatola di metallo.

La SAA era grande come un porta-pranzo, ma senza il manico.

Ryston fece un passo in avanti e afferrò la scatola mentre Maxim mi conduceva verso la porta, che davanti a lui si aprì scivolando, proprio come succedeva nei film di fantascienza. Che, io non ero abbastanza alta per attivare il sensore? Ispezionai il muro alla ricerca di un sensore, ma non trovai niente.

"Dottore," disse Maxim senza voltarsi.

"Sì, Governatore?"

"La *lei* di cui parli è la mia compagna. Per te lei è Lady Rone."

"Sì, Governatore," disse il dottore un po' contrito.

La soddisfazione di Maxim mi attraversò le vene e mi distrasse temporaneamente dalla mia situazione. Mi bloccai e Maxim mi tirò la mano prima di fermarsi.

"Non so dove stiamo andando. E me ne vado in giro con indosso una coperta e basta." Non mi dispiaceva che lui me la strappasse di dosso, ma non volevo che accadesse in questo corridoio verde-bianco.

Percepii il suo fastidio.

"Se sei così arrabbiato e frustrato con me, allora forse saresti più felice con una nuova compagna."

Maxim guardò le nostre dita intrecciate. Attraverso la nostra connessione percepii la soddisfazione di Ryston. Come poteva essere così soddisfatto di questa situazione mentre Maxim era così deluso?

"Ah, capisco," disse Maxim, la sua voce ormai ammorbidita. Per una volta, era morbida, quasi tranquilla.

"Capisci cosa?" chiesi bruscamente.

"Questi collari funzionano fin troppo bene, eh?" chiese Maxim accarezzandomi la guancia con le nocche e poi strofinando la mano su quel dannato collare. Lo *sentivo*, non solo sulla mia pelle, ma anche attraverso le mie emozioni. La rabbia di Maxim, la sua lussuria che aumentava. Ryston che invidiava il suo tocco.

"Il nostro legame, la connessione che c'è tra di noi, è molto intensa. Ci vorrà del tempo, ma comincerai a filtrare le nostre emozioni. Per ora, sappi che non sono arrabbiato con te, compagna. Sono arrabbiato con il dottore e la sua aderenza alle regole. Sono arrabbiato con me stesso per essere stato un ipocrita. E sono anche arrabbiato con me stesso per non essermi preso cura di te e dei tuoi bisogni primari, per esempio dandoti dei vestiti. Ryston."

Gli bastò pronunciare il nome del suo secondo per far sì che l'uomo ci procedesse lungo il corridoio e svoltasse un angolo sparendo dalla nostra vista.

Maxim mi guardò negli occhi, la sua sincerità e il suo desiderio di farmi felice mi arrivavano chiaramente attraverso il collare. "Essere un compagno è una cosa nuova per me. Mi dispiace se non sono perfetto. Ryston ti farà trovare dei vestiti puliti nelle nostre stanze. Nel frattempo –"

Mi sollevò e io mi aggrappai alle sue spalle per paura di cadere, ma non avrei dovuto. La sua stretta mi fece sentire minuscola. E la sua stretta era salda, non mi avrebbe mai fatta cadere. Non avrebbe lasciato che mi accadesse nulla. Lo sentivo. Quando mi rilassai, capii che lui riusciva a sentire la mia fiducia e il piacere che provavo stretta tra le sue braccia tanto facilmente quanto io avevo percepito la sua frustrazione un secondo fa.

"Nel frattempo devo andare in giro per la base nuda?"

Maxim mi guardò con i suoi occhi scuri e continuò a camminare. "Se tu puoi sentire i miei sentimenti, non dubitare che anche io sento i *tuoi*. Sia io che Ryston sentiamo che sei eccitata. E allora so che posso essere audace. Resterai nuda quando sarai a letto con me." Qualcosa nel suo sguardo cambiò, e io sentii un'esplosione di calore e di desiderio. Sì, anche lui era eccitato. Sussultai e sentii che il clitoride mi pulsava. "O contro il muro, o sul tavolo con le gambe spalancate, o in ginocchio davanti a me. Tra me e Ryston. Come ti piace essere presa?

La sua voce si riempì di desiderio. Pensare a me strizzata in mezzo ai loro corpi muscolosi mi fece inturgidire i capezzoli e bagnare la fica. Lo volevo. Non aveva alcun senso. Questi due erano degli sconosciuti venuti da un pianeta lontano, eppure li volevo con una ferocia che non avevo mai conosciuto prima d'ora. Oh, sì, li volevo, e a giudicare dal desiderio che provava il mio compagno, li avrei avuti. *Presto*.

Maxim

Rachel era leggera, e il calore mi investiva là dove i nostri corpi si toccavano. Come qualcosa di così soffice e fragile come questa donna potesse racchiudere tanta forza, una volontà implacabile, era motivo di meraviglia, e non ero sicuro che l'avrei mai capito.

Eppure, quando lei mi poggiò la testa sulla spalla e si rilassò tra le mie braccia, mi sentii come un conquistatore di mondi.

I collari che indossavamo ci collegavano con un intimo legame telepatico di cui avevo sentito parlare ma che non ero mai riuscito a immaginarmi. Mi trasmetteva delle emozioni fortissime, che non erano solo le mie. Ma anche quelle della mia compagna, quelle di Ryston. Le loro reazioni ai miei sentimenti creavano un loop che mi scorticava con forza e mi rendeva vulnerabile, vulnerabile come non mi sentivo da decenni, da quando ero un ragazzino.

Rachel era tra le mie braccia e io affrettai il passo attraverso i lunghi corridoi vuoti. Le strisce verde scuro lungo la base del muro e al centro del pavimento cedettero il passo all'arancione scuro che a sua volta svanì in uno spento color crema che mi diceva che avevamo raggiunto gli alloggi. Le stanze nelle quali entrai erano nuove per tutti e tre. Prima dell'abbinamento, vivevo in una piccola area composta da due stanze al di sopra del centro di comando della Base numero 3, così che potessi essere vicino all'azione in caso di bisogno.

Ma ora ero grato di avere a disposizione questo alloggio. Quando la porta si chiuse e per la prima volta varcai la soglia portando in braccio la mia compagna, mi sentii contento. Misi Rachel a terra e la lasciai gironzolare per la stanza per esplorare il nostro alloggio.

La nostra nuova casa. Per la prima volta da quando ero stato esiliato sulla Colonia, mi sentii a casa. In famiglia.

Lei mi guardò negli occhi, una volta, due, tre volte. Riusciva a percepire i miei sentimenti attraverso il collare? Il soffice sorriso che mi diede guardandomi dopo aver fatto capolino nella camera da letto diceva che sì, ci riusciva. Era rassicurante sapere che poteva capirmi – per quanto uno potesse capire il governatore di un gruppo di guerrieri esiliati.

Rachel accarezzò lo schienale di un grande divano marrone. Ce n'erano due nella stanza, uno di fronte all'altro. Contro il muro, appena al di sotto dello schermo per le comunicazioni che era alto quasi quanto la mia compagna, c'erano una scrivania e una sedia. Nell'angolo lontano della stanza c'era l'unità S-Gen che attendeva di rispondere a tutti gli ordini della mia compagna, di creare qualunque cosa di cui lei avesse bisogno. E se voleva qualcosa che non era stato programmato nei nostri sistemi, avrei trovato un modo per farglielo avere.

Qualunque cosa. Le avrei dato qualunque cosa.

Una piccola sala da pranzo era stata organizzata nel lato opposto, ma la maggior parte di noi mangiavano nella mensa comune, essendo i pasti gli unici momenti per interagire con gli altri durante le giornate di lavoro. E i guerrieri della Colonia lavoravano eccome. Gestivamo alcune delle miniere più profonde e pericolose di tutto il sistema solare. Monitoravamo l'attività dello sciame e inviavamo le informazioni su Prillon. Eravamo analisti e costruttori, programmatori e comandanti. Pianificavamo la strategia di guerra e monitoravamo le prime linee alla ricerca di cambiamenti nella strategia dello Sciame. E tutti i nostri scienziati, dottori e ingegneri lavoravano alla ricerca di un modo per rimuovere gli impianti che ci deturpavano. Che ci rendevano inadatti. Che ci impedivano di prendere una sposa. Di metter su famiglia. Di vivere al di fuori di questo mondo dimenticato da tutti.

Ma ora, con la mia compagna che camminava in giro per la nostra nuova casa con fare curioso, tutto dentro di me era cambiato.

La prima volta che avevo sentito che ero stato ufficialmente abbinato e avevo indossato il collare, non avevo avvertito nessun cambiamento. Solo il simbolo fisico di un abbinamento che mi pesava sul collo. Quando Ryston aveva fatto altrettanto, avevo sentito l'orgoglio che provava nell'essere il mio secondo, nella conferma del collare e nella permanenza della mia decisione. Era ansioso di incontrare la nostra nuova compagna, proprio come me. Ero stato in grado di filtrare le nostre emozioni. Non erano un pesante fardello da portare in giro. Forse era perché eravamo tutti e due dei maschi, oppure perché avevamo combattuto assieme, oppure perché eravamo tutti e due dei Prillon. Una storia simile, un simile senso della tradizione, delle regole e dei costumi.

Ma quando Rachel aveva indossato il collare e ci aveva accettati entrambi come suoi compagni, quello era stato qualcosa di completamente differente. Era come se fossi stato in mano allo Sciame e mi avessero strappato le mie emozioni, le mie sensazioni, diamine, il mio stesso cervello.

La sensazione che provavo nell'assorbire i desideri e le voglie di una compagna, le sue paure e le sue delusioni, era così potente che mi aveva fatto indurire il cazzo all'istante. E immediatamente provai un intenso bisogno di affondarmi dentro la sua fica.

Ma tutto ciò era stato smorzato dalla frustrazione che provava lei a causa della sua incarcerazione, della sua innocenza e del suo bisogno di provarla. E poi, in seguito, dalla suo non riuscire a decidersi se voleva o no diventare la nostra compagna e lasciare la Terra.

Ma che cazzo? Sapevo che aveva rifiutato l'abbinamento, ma si trovava in prigione, dietro le sbarre. Niente libertà. L'avrei salvata da quello, così come avevo salvato Ryston e gli altri dalle grinfie dello Sciame.

In quanto governatore, ero responsabile di un ampio gruppo di uomini, o reietti, qui sulla Colonia. Non era facile governarli, organizzarli e farli vivere in pace. Chi poteva biasimarli se si comportavano così, dopo tutto quello che avevano passato? Quello che tutti noi avevamo passato? Avevo costruito delle solide mura per tenere a bada le mie opinioni personali e riuscire a governarli senza pregiudizi, per restare attento a ciò che era meglio per tutti noi.

Ora? Diamine, ora volevo dare la caccia a quelli che avevano incastrato Rachel sulla Terra e staccargli la testa dal colo. Erano dei semplici terrestri. Sarebbe stato facilissimo eliminare chiunque l'avesse fatta sentire... chiunque l'avesse fatto provare qualsiasi cosa che non fosse stata gioia.

Ma non avevo considerato che i miei sentimenti l'avrebbero bombardata. Non avevo considerato che la mia rabbia e la mia frustrazione l'avrebbero oppressa, o che lei l'avrebbe fraintese e avrebbe pensato che fossero dirette a lei. Anche se nascondevo i miei sentimenti a tutti quelli che mi guardavano, lei avrebbe saputo quale verità si nascondeva sotto la facciata. L'avrebbe *percepita*. Tanto intensamente quanto me.

E così anche le emozioni di Ryston. Lui era un guerriero tanto quanto lo ero io, e quindi lei doveva cercare di gestirci entrambi. Come riuscisse a non crollare a terra schiacciata dall'intensità che la martellava, proprio non lo sapevo.

Non era debole. No, era forte. Coraggiosa. Bellissima.

Non appena l'avevo vista dietro quelle cazzo di sbarre avevo capito che era mia. Avevo viaggiato per dieci ani luci, e una fila di deboli sbarre di metallo di certo non sarebbe bastata a separarmi da lei. Lei aveva la forza di un'umana, ma Ryston ed io non eravamo dei semplici guerrieri Prillon. Avevamo il potere di un Prillon più la tecnologia dello Sciame. Per i nostri muscoli quelle sbarre erano dei semplici ramoscclli.

Ma Rachel? Lei non aveva ceduto di fronte al nostro minuziosissimo esame, di fronte alla nostra condanna del suo sistema giudiziario, nemmeno di fronte a quel cazzo di dottore. Aveva la spina dorsale forte come l'acciaio dello Sciame. Mi arrivava alle spalle, ma aveva delle curve piene e generose che erano perfette per le mie grandi mani. Avevo incontrato Jessica, la compagna terrestre del Principe Nial, e conoscevo le caratteristiche fisiche delle donna della terra. Non mi sorprendeva che il loro colorito fosse drasticamente diverso dal mio. Ma, tuttavia, a sorprendermi era l'attrazione che provavo.

Istantanea. Intensa. Potentissima, cazzo.

Pensavo che l'avrei trovata attraente. Scopabile. Ma non ero pronto a sentire questa... disperazione.

Volevo baciarla, toccarla, assaporarla, scoparla, ma volevo che lei desiderasse. Che desiderasse me. E Ryston. Che desiderasse averci tutti e due insieme.

Prima che le facessimo qualsiasi cosa, avevo bisogno di assicurarmi che i suoi dubbi venissero risolti. La sua obiezione all'esame del dottore era stata assoluta. L'avevo sentita dalla sue stesse labbra. E l'avevo sentita attraverso il collare.

Non si sarebbe sottoposta all'esame del dottore. Rachel aveva ragione. La sua fertilità non era rilevante. Sottoporla a un test che sapevo essere umiliante per lei non era accettabile. Come avevo detto al dottore, Ryston e io saremmo stati gli unici a infilarle qualcosa nella fica. I nostri cazzi, le nostre dita, i nostri giocattoli.

Il suo respiro accelerò e il suo sguardo si posò sul mio e poi si distolse e io capii che lei riusciva a percepire il mio bisogno. La mia lussuria. Sì, i collari funzionavano piuttosto bene.

Ma io non ero un animale. Non avevo mai provato un desiderio tanto forte, ma i bisogni della mia compagna erano più importanti dei miei. Avrei aspettato fino a quando non si fosse sentita pronta. L'ultima cosa che volevo era spingerla a fare cose che non voleva e spaventarla.

Fino a quando non ci accettava ufficialmente e non ci permetteva di prenderla insieme, poteva sempre abbandonarci. Poteva scegliere qualcun altro.

Quel pensiero era come un'ascia ficcata in mezzo alle scapole, e io mi accorsi che se l'avessi persa non sarei sopravvissuto. Avrei potuto vivere il resto della mia vita senza speranza. Ma averla qui, avere qui la mia compagna, l'unica donna nell'universo che era mia, e poi perderla? Renderla infelice? Spingerla tra le braccia di un altro guerriero e del suo secondo?

Piuttosto la morte.

Il mio cazzo doveva starsene giù fino a quando lei non sarebbe stata pronta a giocare. Per adesso le avremmo parlato e avremmo alleviato i suoi timori. Ero determinato a guadagnarmi la sua fiducia e il suo affetto. Speravo che un giorno lei potesse imparare a vedere oltre gli impianti che ci sfiguravano e a tenere a noi.

E dove diavolo si era cacciato Ryston? Lei aveva bisogno dei suoi vestiti. A ogni passo che faceva, la coperta si trascinava sul pavimento, giocando a bubusettete con la pelle nuda delle sua schiena.

Se avesse abbassato le braccia, la coperta sarebbe caduta, e lei sarebbe stata nuda di fronte a me, in tutta la sua gloria.

Rimasi vicino alla porta, temendo che, se l'avessi seguita, avrei messo a dura prova il mio proposito di non toccarla. Ryston stava per tornare, le avrebbe dato una veste da indossare, e noi l'avremmo mandata nella camera da letto a vestirsi.

Soffice, e calda, e nuda sotto quella coperta... era una tentazione pericolosissima.

Rachel gironzolò per la stanza, toccando ogni cosa. Sollevò il cuscino dal sofà e lo annusò. Strano.

"Spero che queste stanze siano di tuo gradimento, compagna. Adesso è questa la tua casa. Se vuoi cambiare qualcosa, non devi far altro che chiedere."

Il suo sorriso era un mix curioso di nervosismo e rassegnazione, così come lo erano le emozioni che mi bombardavano attraverso il collare.

"Va bene. Per ora." Gettò il cuscino sul divano e abbracciò l'intera stanza con lo sguardo. "Non odora di niente."

Feci un passo avanti, studiandola da vicino. "Non capisco. Non va bene?"

"No. Non è quello." Mi si fece incontro camminando lentamente, e io mi dimenticai di respirare. Era così piccola, eppure mi stringeva per le palle. Le mie palle gonfie. "Una casa di solito odora di qualcosa, sai? Per esempio di biscotti al forno. O di ammorbidente. Forse della zuppa di pollo che ribolle sul fornello, o delle candele profumate che bruciano in cucina." Si fermò quando distava giusto un braccio. Alzò lo sguardo, sempre di più, e mi guardò negli occhi. "Ma qui non c'è nessun odore. È come una di quelle case modello che ti mostrano i costruttori quando te ne devono vendere una. È carina, ma qui non ci *vive* nessuno."

Dietro le sue parole non c'era rabbia, e io non ero sicura di cosa volesse dire. "Non capisco proprio di cosa parli, compagna. Ma se vuoi che la nostra casa abbia un odore particolare, dirò ai programmatori della base di inserire l'odore nell'S-Gen così da replicarlo."

Il suo sorriso valse tutta la mia confusione. "Non ho capito un accidenti di quello che hai detto."

"Allora siamo pari. Io qui non ci ho mai dormito. Questi alloggi sono per i guerrieri che hanno trovato una compagna. È nuovo tanto per te quanto per me."

Mi aspettavo che si allontanasse, ma invece non si mosse. Restò lì, in piedi vicino a me, studiando la mia faccia come se fosse un enorme rompicapo che non riusciva a risolvere. "Compagni. Quindi, voi siete veramente miei?"

La sua domanda sfacciata mi sciocco, ma la vulnerabilità che percepii dietro alle sue parole mi lasciò senza fiato. Era venuta da lontano e, anche se io temevo che potesse rifiutarci, io ero a casa. Questo pianeta era nuovo per lei. Il suo timore di venire rifiutata era una preoccupazione reale, almeno fino a quando non avesse imparato a credere alle mie parole. "Sì."

Affondò i denti nel labbro in inferiore, in quel labbro che io desideravo baciare. Rimasi completamente immobile e sentii le sue emozioni che si calmavano, come se lei avesse preso una decisione. "E allora adesso cosa succede?"

Tesi la mano e feci quasi i salti di gioia quando lei, senza esitare, me la afferrò. Tirandola gentilmente, la tirai verso di me fino a quando il suo corpo non fu premuto contro il mio. La avvolsi tra le mie braccia e lei si voltò poggiandomi il collo sul petto.

"Ora dovremo imparare a conoscerci. So che sei stanca, Rachel. Ma tue mia e io non voglio nessun'altra donna. Ryston e io ci prenderemo cura di te. Ti proteggeremo, ti ameremo, e ci assicureremo che tu provi piacere. E quando sarai gravida, vi ameremo entrambi come non puoi nemmeno immaginare. Tu per noi sei la speranza e la vita, compagna. Non puoi sapere quanto sia importante per noi. E aspetteremo. Aspetteremo di reclamarti fino a quando non sarai pronta."

Mi avvolse le braccia attorno alla vita e il suo corpo venne attraversato da un fremito. "E se io non volessi aspettare? Se volessi che mi scopate subito?"

Il desiderio si scatenò dentro di me, e per la prima volta mi accorsi che non stavo percependo i bisogni del mio corpo, ma i suoi. Il desiderio di appartenere, di arrendersi, di sentirsi desiderati crebbero dentro la mia compagna come una tempesta.

La porta dietro di noi si aprì ed entrò Ryston.

Laddove io ero sempre controllato e cauto nelle mie scelte, Ryston era selvaggio e completamente intrepido.

Mi girai e lo vidi che in mano stringeva una veste fluttuante del colore del bronzo scuro – il colore della famiglia Rone – e la SAA che aveva preso dalle mani del dottore. Dentro alla scatola c'erano tutti i giocattoli anali di cui avremmo avuto bisogno per far sì che la nostra compagna fosse pronta per la cerimonia di rivendicazione, e io non vedevo l'ora di cominciare ad usarli. E approvavo la veste che aveva scelto. Se il suo collare doveva restare nero fino al giorno della rivendicazione ufficiale, entrambi volevamo che tutto il pianeta sapesse di chi lei fosse.

Nostra.

Ryston mise gli oggetti da una parte e si avvicinò a noi. Dovetti sperare che il suo collare gli facesse percepire il desiderio e il bisogno di Rachel. Guardò la nostra compagna e poi noi. "Per gli dèi, Maxim. Voi due mi state uccidendo."

Sì, li sentiva anche lui.

Rachel sussultò sentendo l'irrequieto bisogno che Ryston aveva di scopare che ci colpiva entrambi come una cannonata.

Senza chiedere, poggiò le mani sulle spalle di Rachel e la fece voltare verso di lui.

La sua schiena era rivolta verso di me, e Ryston si fece avanti fino a quando Rachel non si ritrovò intrappolata in mezzo a noi. Avrei dovuto protestare, ma la reazione di Rachel me lo impedì. Un desiderio crudo e dolorante la riempì non appena Ryston chinò il capo per darle un bacio.

Per *reclamarla*. Perché il suo bisogno era come un fuoco nelle vene. Impaziente. Dominante. Esigente.

La nostra compagna si sciolse contro di me e io le afferrai i seni, mentre Ryston la faceva indietreggiare con la forza del suo bacio, e la sua testa si accoccolò contro il mio petto.

Lui le mise le mani sui fianchi. Grato per il suo soffice

gemito di incoraggiamento, rinunciai al proposito di andarci piano, di esplorare le sue curve al di sopra della coperta. Fanculo. Infilai le mani sotto il fastidio tessuto per denudare la sua carne, afferrare la pesante morbidezza dei suoi seni e pizzicarle i capezzoli con le dita. Sì. Dèi, era il paradiso.

Rachel trasalì e girò la testa da un lato, ma Ryston scosse il capo e le afferrò la gola con gentilezza per costringerla a guardarlo negli occhi. Era veramente bloccata in mezzo a noi.

L'ondata di desiderio ci colpì entrambi come dei pugni che mi stringevano il cazzo duro. Lei non si lasciava intimidire dal suo potere. Non aveva paura. Le piaceva essere dominata. Lo *amava*. A giudicare dalle sue emozioni, ne aveva bisogno.

"Vuoi che ci fermiamo?" le chiese Ryston, sebbene già sapesse che lei avrebbe detto di no.

Lei non rispose subito e giuro che il mio cuore smise di battere. Non volevo fermarmi, volevo affondare il cazzo nella sua fica calda e pompare il mio seme dentro di lei. Volevo che il mio bambino mi crescesse nella pancia. Io ero il suo compagno primario, ed era mio diritto prenderla per primo, piantare il mio seme nel suo utero. Farla mia. Una volta incinta del nostro primo figlio, sarebbe toccato a Ryston. Ma, fino ad allora, la fica calda e bagnata di Rachel era tutta mia.

Rachel teneva gli occhi incollati su Ryston – non che lui le permettesse di distogliere lo sguardo – e sollevò le braccia per avvolgermi le mani attorno al collo. Mi affondò le dita nei capelli e inarcò la schiena, spingendo i suoi seni nelle mie mani, esigendo più attenzioni.

"No. Non voglio che vi fermiate."

6

Maxim

"Grazie agli dèi." Le parole di Ryston furono un sussurro feroce. Abbassò la testa per reclamare un'altra volta la sua bocca, e io sfruttai la mia posizione per gettare in terra la coperta che copriva le curve della nostra compagna. Ora non c'era niente in mezzo a noi, solo e soltanto lei.

"Cazzo," mormorai apprezzando la sua bellezza. La sua pelle era bianca come il latte... dappertutto. Beh, quasi. Abbassai lo sguardo e vidi i suoi capezzoli rosa e mi immaginai che sarebbero diventati di un rosso rubino se ci avessi giocato. Vedere il collare nero che aveva attorno alla gola non fece che farmelo venire più duro, perché lei era nostra e nostra soltanto.

Loro continuarono a baciarsi e l'eccitazione aumentò, sempre di più. Le loro labbra si incrociavano, le loro lingue si intrecciavano, e io la assaporavo altrettanto dolcemente.

Ryston sollevò la testa e fece un passo indietro.

"Tienila ferma, Maxim."

Con piacere. Con le mie mani sui seni, non sarebbe andata da nessuna parte.

Non quando le afferrai i capezzoli tra le dita e li tirai e li strizzai. Quel leggero dolore era un test. Quando lei gemette, allora li strinsi con un po' più di forza. Quando lei si abbandonò gridando il mio nome, allora capii quello che poteva sopportare.

Ryston ritornò con in mano la SAA che il dottore ci aveva dato e sollevò il coperchio.

"Prenderai il cazzo di Maxim nella fica, Rachel, mentre ti infileremo anche uno di questi."

Le lasciai andare i capezzoli, ma continuai a sostenerle i seni, ad accarezzarli. Aveva bisogno di vedere e pensare, almeno per un minuto o due. Dopo, niente pensieri, solo sensazioni.

"Sono dei –"

"Divaricatori anali," le disse Ryston. Sollevò lo sguardo dalla scatola. Anche se io non potevo vederla in volto, vidi l'intensità nello sguardo del mio secondo, e sapevo che lui era tutto concentrato su di lei. Lei per lui era la cosa più importante di tutte, e lo sarebbe sempre stata.

Mi sentii investito dal calore. La consapevolezza accese gli occhi di Ryston. "Ti piace il sesso anale?"

"Come? Sì... ma non ho mai... voglio dire, non mi hanno mai scopata lì."

"Con un cazzo, vuoi dire?" le mormorai nell'orecchio.

Lei annuì.

"Ti piace che ti premano un dito lì mentre ti scopano?" chiesi.

Lei annuì di nuovo.

Abbassai la voce riducendola a ruglio profondo e le spinsi il mio cazzo duro contro la schiena, così che capisse quanto intensamente la desiderassi. "E un dito infilato dentro, che ti scopa il culo mentre un cazzo ti scopa la fica?"

"Sì," sussurrò lei.

"E i dildo? Se ti scopiamo con uno di quelli?"

Lei gemette, fissò la scatola e i vari divaricatori.

"Io... io non ho... Dio, è così... troppo. È... riesco a sentire il vostro desiderio, oltre al mio."

"Sì," disse Ryston guardandola con uno sguardo consapevole. "E sappiamo entrambi che vuoi che giochiamo col tuo culo, che ti prepariamo quel buchetto vergine per il mio cazzo."

"Sì, sì, ti prego."

Ryston guardò nella scatola, scelse un dildo che era stretto e piccolo. Guardandolo, Rachel non poteva sapere che vibrava, ma l'avrebbe scoperto ben presto.

Ryston la afferrò per il collo e la tirò gentilmente verso di sé, e si prese la sua bocca. Questa volta il suo bacio fu più selvaggio, fuori controllo, proprio come era lui. Con lui non ci si tratteneva. Io ero un amante dedito, potente, lussurioso; ma non aveva la scatenata urgenza di Ryston. Lui avrebbe spinto la nostra compagna, ci avrebbe spinti entrambi, e avrebbe contato su di me per farsi tenere a bada nel caso in cui si fosse spinto troppo oltre.

C'era un motivo se io ero il governatore della base, e lui era il più famoso dei nostri piloti. Ryston viveva per le botte di adrenalina che gli scorrevano nelle vene. Era selvaggio e indomito, mentre io ero le solide fondamenta, il centro inamovibile. Io ero il punto di riferimento dell'intera base, la loro ancora. Cauto e ponderato.

Ryston si spingeva sempre al limite. E io non ero mai stato così sicuro di aver fatto la scelta giusta come quando lui sollevò la testa e strinse il divaricatore nella mano.

"Questo è tuo, compagna. Prendilo. Sentilo. Sappi che presto te lo infilerò fino in fondo."

La reazione di Rachel mi colpì come un pugno nello stomaco. Capii, ancora prima che le sue ginocchia collassarono, che la mia lussuria e quella di Ryston l'avevano sopraffatta. La tenni su mentre lei cercava di riprendere il controllo di sé.

Ryston mise la scatola da parte e tese la mano con un diabolico sorriso sulla faccia. Quando lei mise la mano nella sua, io la lasciai andare e vidi che Ryston la conduceva in camera da letto. Li seguii, contento di potere vedere il suo sedere che ondeggiava nudo, sapendo che presto quello sarebbe stato il parco giochi privato di Ryston mentre lei cavalcava il mio cazzo.

Lei si fermò e si guardò. "Sono nuda."

Ryston andò verso il letto, si girò, le guardò la fica. Io ancora non l'avevo vista e cazzo quanto lo volevo.

Mi misi di fianco a lui. Noi due eravamo di gran lunga più grossi di lei e, vestiti di tutto punto con la nostra armatura, c'era da meravigliarsi che lei non se la fosse data a gambe levate. La osservai, la studiai. Per essere così piccola, aveva gambe lunghe e tornite, fianchi larghi, pieni, la vita stretta, i seni sodi e i capezzoli turgidi.

La sua fica, che faceva capolino da in mezzo alle sue gambe, era rosa, ma più scura. Non c'erano peli a nascondere il suo desiderio. Brillava umida.

"Sì, ci piace una fica nuda. E piacerà anche a te," dissi. "Specie quando mi verrai sulla faccia."

Rachel si strofinò le cosce l'una contro l'altra. Come se ciò avesse aiutato ad alleviare il bisogno. Niente ci sarebbe riuscito, tranne una bella scopata.

"Siamo diversi dagli uomini della Terra?" chiese Ryston notando che lei ci stava osservando con curiosità e desiderio.

Non avevo considerato le nostre differenze rispetto agli uomini della Terra. Meno male che avevo un secondo. Avrei combinato un macello, se non ci fosse stato lui a dire e a chiedere le cose giuste.

Lei sorrise, poi fece spallucce. "Devo vedere dell'altro, per poter fare paragoni."

"Stai dicendo che ci vuoi vedere, compagna?" chiesi. "Che vuoi vedere tu."

Lei annuì e si morse il labbro. "Ogni centimetro."

Ci sfilammo l'armatura e gli stivali e lei proseguì: "Ho sentito che gli alieni ce l'hanno grosso. Che possono scopare per ore e ore."

"È un pettegolezzo che hai sentito su di noi, o una tua fantasia personale?" le chiese Ryston tirandosi giù i pantaloni e liberandosi il cazzo.

Io mi spogliai in fretta, poi mi afferrai la base del cazzo e comincia lentamente a massaggiarmelo, lasciando che lei ci guardasse. Aveva gli occhi sgranati, bruciava di desiderio. Sentivo il calore e il bisogno che provenivano da lei.

Io non ero modesto, proprio per niente. Se lei, la nostra compagna, voleva vederci nudi, a me non importava. Sarei stato a fondo nella sua fica, e quindi non avevo motivo per impedire a Ryston di giocare.

"Nessuno dei due. Spero sia la realtà."

Si avvicinò a noi e afferrò i nostri cazzi con le sue manine.

"Non riesco nemmeno a chiudere il pugno." La sua voce era piena di stupore. Si mise in ginocchio, le sue mani strette attorno ai nostri cazzi, e ci tirò non troppo gentilmente verso di lei. D'improvviso era lei l'aggressore. Si passò la lingua sul labbro inferiore. "Venite qui. Se questi cazzi sono miei, voglio sapere che sapore hanno."

Ryston gettò la testa all'indietro e ruggì sentendo la sua

bocca di Rachel che si chiudeva su di lui. Mi strizzò la punta del cazzo, mentre si dava da fare su di lui, e io non riuscii a distogliere lo sguardo da lei. Perché sapevo che, tra pochi secondi, quella sua bocca calda e bagnata sarebbe stata mia.

Rachel

Oh. *Porca. Miseria.*

Ce l'avevano enorme. Le loro teste e le loro facce erano un po' più grandi di quelle di un umano, e i loro lineamenti leggermente spigolosi li facevano sembrare dei feroci alieni predatori.

Il modo in cui mi guardavano, e la cruda lussuria che mi consumava attraverso questi collari high-tech, mi impedivano di pensare. Non potevo far altro che *desiderare.*

Nessun artista avrebbe mai potuto immaginare dei corpi più perfetti dei due che avevo ora di fronte. I loro toraci erano spessi e muscolosi, muscoli definiti e sodi, deltoidi e addominali che non vedevo l'ora di esplorare. I loro cazzi erano enormi, così grossi che temevo di non poter far molto altro oltre a leccarli. I loro corpi erano poderosi, con dita tozze che mi volevo infilare nella fica e cosce enormi che li ancoravano al pavimento come fossero dei carri armati.

Con la pallida perfezione dorata di Ryston e la pelle color caffellatte di Maxim, i miei occhi non riuscivano ad abituarsi a tanta perfezione.

Nessun uomo dovrebbe essere così perfetto. E io ne avevo *due.*

Il braccio sinistro di Maxim, dal deltoide al gomito, era

ricoperto dagli strani circuiti argentati che Ryston aveva su un lato della faccia. Sulla sua pelle più scura i segni della sua prigionia, dello Sciame, risaltavano come inchiostro argentato, definendo tutte le linee dei suoi muscoli, la grandezza sorprendente del suo braccio.

Sapevo che era forte: aveva divelto le sbarre della mia cella come se fossero fatte di cerca calda. E quella forza, così brutale e così potente, mi faceva fremere tutta quanta. Così tanta forza, così tanto controllo.

Volevo mettere alla prova quel controllo. Volevo spingerli. Volevo che morissero dalla voglia di penetrarmi con i loro cazzi, che smettessero di pensare. La faccia di Ryston. Il braccio di Maxim. Non era molto, ma l'argento luccicante non faceva che renderli più esotici. E sexy da morire.

Dio, mi ero sempre sentita una sporcacciona, ma questi due, e la loro lussuria, mi facevano sentire come se fossi in calore. E mi piaceva.

Questo sarebbe stato di gran lunga meglio del mio stesso dito sotto l'oscurità della coperta della prigione. Li volevo entrambi. Li volevo pelle contro pelle, che mi circondavano. Volevo la crema che riempiva il biscotto Prillon.

Il tappeto sotto le mie ginocchia era soffice. Li tirai verso di me... afferrandoli per il cazzo. Bastava una leggera pressione per farli muovere dove volevo. Questi maschioni, con tutta la loro forza, erano miei.

Non mi ero mai sentita così femminile, così potente. Così eccitata da non poter respirare.

Chi aveva bisogno dell'aria quando potevo dominare il corpo di un uomo con una semplice leccata?

Mi sporsi in avanti e masturbai Maxim con la mano destra mentre prendevo Ryston nella bocca, ansiosa di conoscere il suo sapore.

Ryston gettò la testa indietro e ringhiò. Il piacere, caldo

e intenso, ci investì attraverso i collari e Maxim si mosse in avanti sentendo la reazione di Maxim. La mia fica era già calda e bagnata, ma lo struggimento si diffuse sui miei seni pieni e pesanti, troppo caldi e pesanti e ansiosi di essere toccati mentre la mia fica pulsava chiudendosi attorno al nulla. Vuota.

Succhiai Ryston per qualche secondo prima di lasciarlo andare e conquistare Maxim. La sua pelle scura era una vista erotica che ero troppo ansiosa di assaporare.

Con la carne dura e bagnata di Ryston nella mano sinistra, presi Maxim nella mia bocca con un unico gesto e sentii che la punta del suo cazzo mi finiva in gola.

Lui rimase stoico, immobile, silenzioso, ma la vampa di calore che percepii attraverso il collare mi fece contrarre le dita dei piedi e gemere sulla sua asta dura.

"Dèi." Ryston gemette per tutti e tre e fece un passo in avanti per afferrarmi i capelli. "Succhiaglielo, compagna. Rompilo."

Le sue parole erano brusche ed esigenti, e qualcosa di primitivo e bisognoso sorse dentro di me in risposta al suo tono e al suo pugno che mi stringeva i capelli. Avevo sempre preferito gli uomini che a letto assumevano il controllo, ma questo... pensavo che sarebbe stato Maxim a prendere il controllo. Cazzo, era il Governatore della Base numero 3. Ce l'aveva scritto nel DNA, "assumere il controllo". Ma lui era quello stoico, quello riservato. Ryston mi avrebbe dominata, ma non mi sarei dimenticata che Maxim poteva essere altrettanto autoritario, se lo voleva.

Merda. Più Ryston gemeva, più mi bagnavo.

Torsi il pugno attorno il cazzo di Ryston, forse un po' troppo forte, perché lui si mosse in avanti e io mossi la testa indietro per prendere Maxim il più a fondo possibile, ancora e ancora, il più velocemente possibile, massaggiandogli la punta del cazzo con la lingua.

Avevano due sapori differenti, ma erano entrambi caldi e muschiati. Li sentivo diversi nella bocca. Maxim aveva la punta più grossa, eppure l'asta di Ryston era molto più tozza.

"Avvolgimi, compagna." Lo strinsi e lo masturbai. "Sì! Succhia, ancora. Prendilo tutto." Le parole di Ryston mi spronarono fino a quando i miei seni non cominciarono a rimbalzare su e giù seguendo il movimento del mio corpo mentre scopavo Maxim con la bocca. Era una montagna, una roccia nella tempesta che stava trasportando me e Ryston in una pericolosa frenesia.

"Basta," disse Maxim. Una parola e mi ritrassi, liberandolo e prendendo una sonora sorsata d'aria. Aspettai, in ginocchio, incapace di negarmi a lui, il mio corpo non era più il mio, era suo. Avevo il respiro pesante, le labbra gonfie, i capezzoli duri come la pietra.

Maxim si abbassò e mi fece alzare per reclamare la mia bocca con un bacio tanto tenero e controllato quanto quello di Ryston era stato selvaggio. Con i miei seni schiacciati contro il suo petto, Maxim mi sollevò e mi tenne a mezz'aria prendendosi il suo tempo per esplorare il mio bocca con una dedizione che mi lasciò senza fiato.

Solo perché era silenzioso non voleva dire che non fosse dedito. Esigente.

Mentre Maxim mi baciava, Ryston si mosse dietro di me, mi passò le mani sulla schiena e le gambe, afferrandomi e strizzandomi il culo, mentre le sue labbra mi baciavano la schiena e le spalle. "Voglio leccarle la fica," disse ruggendo.

Maxim interruppe il suo bacio e scosse il capo. "No. Tu l'hai baciata per primo. La sua fica è mia."

"Rompipalle."

Maxim mi mordicchiò l'orecchio mentre Ryston parlava. "Sollevale le gambe, così che posso infilarle il divaricatore nel culo. Poi possiamo scoparla."

Era spietato, ma il mio corpo lo ascoltava con una mente tutta sua. Ryston allungò la mano per afferrarmi la fica da dietro.

"Oh, sì, Maxim. Le piace l'idea. È così bagnata..."

Maxim indietreggiò e si sedette sul letto. Si distese e mi tirò su di lui. Sistemai le ginocchia sul letto e lo cavalcai. Il suo braccio mi bloccò la schiena come una sbarra di ferro, mettendomi in posizione per offrire il mio culo a Ryston.

Sollevò una mano e mi afferrò per i capelli, stringendoli e tirandoli, e il mio corpo rispose al dolore scuotendosi. Lo guardai negli occhi. Sì, non era uno da sottovalutare. A letto era tanto autoritario quanto il suo secondo.

"Fallo, Ryston."

Io non ebbi il tempo di protestare. Maxim mi baciò e mi reclamò con un bacio rovente. Il suo cazzo duro come la pietra era intrappolato in mezzo a noi e sentii la mano di Ryston che con gentilezza mi esplorava il sedere, e poi mi infilò qualcosa di piccolo lì, nella mia entrata posteriore. Ondeggiai i fianchi sentendo che qualcosa di caldo e bagnato mi riempiva, come se mi stesse versando addosso del lubrificante per prepararmi. La bocca di Maxim e le parole confortanti di Ryston mi fecero calmare, e io mi arresi a entrambi, a qualunque cosa volessero da me in quel momento.

Dovevo essere abbastanza per loro. Dovevo farli felici. Completi. Soddisfatti.

"Stai ferma, compagna." Ryston allontanò la bottiglia di lubrificante e mi penetrò col dito per spargere per bene il liquido oleoso. "Questo culo è mio."

I miei nervi si accesero scaldandomi il corpo e ricoprendomi la pelle di sudore. Era intenso, diverso, e l'adoravo. Sentivo che anche loro lo volevano, e ciò mi permise di abbandonare le mie ultime inibizioni. Ero audace; volevo continuare ad esserlo.

Maxim mi infilò la lingua in bocca e Ryston mi infilò un dito sia nel culo che nella fica. Un terzo dito si mosse verso la mia clitoride e io provai a scostarmi dalla bocca di Maxim, e un grido acuto di disperazione mi scappò dalla gola. Ryston, seppur gentile, esigeva tutto da me. Loro non perdevano tempo a persuadere: ti spingevano subito nell'estasi pura.

Maxim mi tenne ferma e bevve tutte le mie grida di piacere, come se gli appartenessero.

Ryston mi scopò con le sue dita, con cautela e in modo diligente, mentre Maxim mi bloccava. Dentro. Fuori. Aveva dita lunghe e spesse e cominciò ad abbandonare un po' della sua gentilezza sentendo la tensione che si raccoglieva dentro di me.

"La nostra piccola compagna sta per venirmi sulle dita."

Provai a muovermi, a muovermi avanti e indietro, a far sì che Ryston mi penetrasse col ritmo che decidevo io. Di cui avevo bisogno.

Ma no. Era lui che decideva.

L'orgasmo crebbe, caldo, intenso e –

Ryston ritrasse le dita, lasciandomi vuota e disperata.

Urlai, gemetti di desiderio.

Un'altra volta. Provai a sollevare la testa, ma Maxim mi tenne ferma. Bloccata. La sua bocca sulla mia, la sua lingua dentro di me e, dannazione, mi eccitava così tanto. E mi faceva bagnare.

Cazzo.

"Ti piace, non è vero?" La risatina soddisfatta di Ryston

fu seguita dal dolore della sua mano che mi sculacciava con forza.

Sobbalzai sentendo il fuoco che si espandeva sul mio sedere, un calore che andò dritto alla mia clitoride. Gemetti e succhiai la bocca di Maxim, attirandolo a me così come volevo fare con il suo cazzo.

Smack!
Smack!
Smack!

Fuoco. Calore. La mia fica bisognosa che fremeva e pulsava.

Gemetti e Maxim staccò le labbra dalle mie. "Basta."

Ryston ridacchiò. Mi mise le dita sul culo e sentii la punta liscia e dura del divaricatore anale che avevo scelto che premeva per entrare. "È così prepotente, eh?"

La testa sepolta contro il collo di Maxim, non potei trattenere i respiri affannati che mi lasciarono la gola, mentre Ryston mi infilava il divaricatore nel culo. Non era grosso, non era grosso come il suo cazzo, ma io mi sentii piena, allargata, e così tanto perversa.

Dio, era così bello essere una cattiva ragazza. Se lo avessi saputo, di certo avrei provato a fare un qualche ménage anche sulla Terra.

Il divaricatore mi penetrò con un pop e io morsi la spalla di Maxim e gemetti. Era così bello. Ma non era abbastanza. Anche così piena, mi sentivo ancora vuota. Disperata. Bisognosa.

Gli occhi mi si riempirono di lacrime. Non riuscivo più a contenere le emozioni, la disperazione, il bisogno.

Maxim mi sollevò e si mosse posizionandosi con la testa vicino al bordo del letto. Gli misi le ginocchia ai lati della testa, poggiate sul materasso, e la fica sulla bocca.

La sua lingua mi leccò la clitoride per qualche secondo

La schiava dei cyborg 97

e io gettai la testa all'indietro mentre Ryston si piazzava di fronte a me, il cazzo lì dove doveva essere, dove lo volevo per prenderlo in bocca.

Volevo spingerli entrambi, così mossi i fianchi strofinando la clitoride sulla faccia di Maxim e afferrai il cazzo enorme di Ryston con entrambe le mani e le torsi con gentilezza, mettendomi la punta in bocca e succhiando con forza, la stessa intensità che volevo Maxim usasse su di me.

Ryston aveva un buon sapore, un sapore oscuro, leggermente muschiato, e molto potente. Sentendo il suo cazzo tozzo e pulsante nella bocca, succhiai con forza, come per succhiare fuori tutto il suo seme e ingoiarlo. Un fiotto salato di pre-eiaculazione mi rivestì la lingua e io gemetti.

Maxim sollevò le braccia e mi spalancò la fica, tenendomi aperta mentre la sua lingua si conficcava dentro di me, imitando ciò che speravo il suo cazzo avesse fatto presto, solo molto più a fondo. Il suo godimento mi arrivò attraverso il collare in una furia di piacere, e io ondeggiai i fianchi sulla sua faccia, senza preoccuparmi se potesse respirare. Avevo bisogno di lui. Avevo bisogno di lui dentro di me, così in profondità che non l'avrei mai lasciato andare.

Gemendo, Maxim mi sollevò. Costretta a lasciar andare il cazzo di Ryston, Ryston mi prese tra le braccia per baciarmi. Maxim si mosse per sedersi sul bordo del letto. Quando Ryston mi mise giù, lo fece per sistemarmi sulle ginocchia di Maxim, come se mi stesse poggiando su una sedia.

Maxim mi afferrò i seni, e la sua voce profonda mi fece fremere. "Ora ti scoperò e ti riempirò con il mio seme. E tu succhierai il cazzo di Ryston, e ingoierai tutto quello che ha da offrirti. Fino all'ultima goccia."

Guardai Ryston e vidi che i suoi occhi erano colmi di

una lussuria e un desiderio che mi rendevano impossibile negargli qualunque cosa. "Sì."

"Ryston," disse Maxim. Al suo comando, Ryston fece un passo in avanti e mi sollevò appena, quanto bastava per permettere a Maxim di sistemare il suo cazzo contro la mia fica. Il divaricatore che avevo nel culo m'allargava restringendomi la fica.

Le mani sui miei fianchi, i miei compagni, attraverso una qualche sorta di comunicazione silenziosa, cominciarono a sollevarmi e ad abbassarmi abbastanza da farmi impalare sull'asta dura di Maxim, facendo sì che lo prendessi ogni volta più in profondità.

"Io... è troppo grosso," dissi gemendo. Era troppo. Ero troppo allargata, mi stava penetrando troppo a fondo. Ce l'aveva *troppo* grosso.

"Shh," mi sussurrò Maxim all'orecchio. Mi poggiò una mano gentile sulla schiena e mi disse: "Chinati in avanti. Sì, così."

"Oh," sussultai sentendo che mi penetrava fino in fondo. I peli morbidi sulle sue cosce poderose mi fecero il solletico sulle cosce. Il divaricatore rendeva tutto così intenso. Come avrei fatto a scoparli allo stesso tempo? Sbattei le palpebre, vidi Ryston che stava in piedi davanti a me e si toccava il cazzo mentre ci guardava, me, il suo amico, il suo governatore, il suo Prime.

Una goccia di fluido gli colò dalla punta del cazzo facendomi venire l'acquolina in bocca. Volevo sentirne di nuovo il sapore.

Mossi un po' i fianchi, respirai e provai a rilassarmi, cercando di lasciare che le mie pareti interne accomodassero Maxim.

"Ecco. Brava ragazza. Va meglio?" mi chiese Ryston. "Hai idea di quanto tu sia bella? Ho appena visto la tua fica perfetta che inghiottiva il cazzo di Maxim. Sapere che ti sta scopando così a fondo mi fa quasi venire. E il divaricatore, Dio, sono così geloso di quel divaricatore. Presto, compagna. Presto. Ma prima succhiami il cazzo, e verremo tutti insieme."

L'idea piacque ad entrambi i guerrieri. Lo sentii attraverso il collare, l'idea che avremmo trovato piacere nei corpi l'uno degli altri. Il fatto, nonostante ci fossimo appena conosciuti, potessimo già essere così, così aperti, così selvaggi, così *bestiali*.

Eravamo perfetti gli uni per gl'altri, eppure capivo che ero io che ci connetteva tutti e tre. Mi sporsi in avanti un altro po', presi il cazzo di Ryston nella bocca e gli afferrai le palle con la mano, ruotandole, e cominciai ad alzarmi e ad abbassarmi sul cazzo di Maxim.

Il piacere turbinava tra di noi. Il cazzo che scivolava, una leccata, una succhiata. Un gemito, un gridolino. Era troppo. Mi formicolavano le dita, la mia pelle si scaldò, il respiro mi si fece pesante. Avevo il culo pieno, la fica stipata all'inverosimile. La bocca spalancata.

Ero una sporcacciona. Ero selvaggia. Era tutto quello che avevo sempre voluto, ma non lo avevo mai capito.

Quando Maxim allungò la mano per toccarmi la clitoride, la mia clitoride dura e gonfia, allora venni. Le mie grida vennero strozzate dal cazzo di Ryston, ma il mio piacere lo spinse oltre il limite e dei getti caldi di sperma mi inzupparono la lingua. E io ingoiai tutta la sua sostanza salata, ancora e ancora, accogliendo il suo piacere e mescolandolo al mio. Era troppo per Maxim. Mi afferrò i fianchi, mi tirò a sé e venne con un grido.

Sentire il suo seme caldo che mi riempiva la fica mi fece venire di nuovo. Senza il cazzo di Ryston nella bocca – si era ritratto e mi stava accarezzando la guancia – potei gridare i loro nomi, uno dopo l'altro. Non so quale dei due nomi dissi per primo, perché anche se Ryston era il secondo di Maxim, loro erano tutti e due miei.

Allo stesso modo. Anche il loro piacere mi giungeva egualmente attraverso il collare. Eravamo tutti sazi. Soddisfatti. Scopati a dovere.

7

Ryston, tre giorni dopo

"Non vedo nessun buon motivo per andarci. Non abbiamo bisogno di uscire," borbottò Maxim.

Era divertente vedere il guerriero a capo di tutta la coalizione fare storie per non andare a una cena formale, una delle prime sulla Colonia, *la* prima qui alla Base numero 3. Ed era anche la prima volta che la Colonia avrebbe ospitato il Prime del nostro pianeta natale. Prima del Principe Nial, del suo secondo e della sua compagna, erano decenni che nessuno da Prillon metteva piede sulla Colonia. I cittadini del nostro pianeta natale avevano troppa paura dei guerrieri contaminati che erano stati condannati a vivere qui. Persino con il nuovo Prime e le nuove leggi, i vecchi pregiudizi, i vecchi stigmi e le vecchie superstizioni erano ancora ben vive.

"Il Principe Nial e la sua famiglia non vogliono mangiare alla mensa della base mentre noi ce ne stiamo qui a scopare la nostra bellissima compagna." Mi misi a ridere, contento della nostra compagna e del nostro futuro. A letto lei era appassionata e pronta all'azione, e si arrendeva in modo dolcissimo ai miei istinti selvaggi. Ormai ero ossessionato dal suo corpo. Mi sorprendevo spesso a pensare a cosa le avrei fatto, a cosa lei mi avrebbe permesso di farle – e a cosa invece no. Io volevo spingerla, metterla alla prova. Volevo sapere cosa la rendeva tanto ansiosa di essere posseduta. Volevo che ci implorasse, che il bisogno la facesse contorcere. La volevo eccitata, talmente eccitata da non riuscire a pensare in modo lucido.

E volevo reclamarla per sempre, prendere il suo culo vergine mentre Maxim si scopava la sua fichetta dolce. La volevo così disperatamente che, se ci pensavo troppo a lungo, respirare diveniva quasi impossibile.

"Dèi, Ryston. Smettila, oppure non ci arriveremo mai alla sala da pranzo."

"Mi dispiace, Maxim. Non riesco a pensare a quanto cazzo siamo fortunati." Mi passai la mano tra i capelli e Maxim si infilò gli stivali. Mi sentivo imbarazzato. Sapevo cosa avevo bisogno di dire, ma costringere le parole a uscirmi dalla gola era come vomitare dei chiodi. Non ero degno dell'incarico con cui Maxim mi aveva onorato quando mi aveva scelto come suo secondo. C'erano altri guerrieri che vivevano sulla Colonia e che erano più grossi, più forti e più importanti di me. Uomini che avevo combattuto più a lungo di me in prima linea. Io ero indegno, ma non potevo rinunciare a lei, non ora che sapevo che sapore avesse il paradiso. "Grazie per avermi scelto, Maxim. Lo so che ci sono altri –"

Maxim si accigliò e si alzò con un gesto fluido, e una strana emozione che non riuscii ad afferrare del tutto mi colpì attraverso il collare. Essere collegato alla nostra compagna era una cosa divina, ma lo scioccante flusso di violente emozioni che provenivano da Maxim mi sconcertavano. Maxim era Maxim. Il Governatore. Il leader. La faccia di granito e una volontà più dura del ferro. Esternamente era lo stesso identico uomo che avevo seguito sul campo di battaglia non so più quante volte, lo stesso guerriero che ci aveva guidati nei momenti più bui, quando lo Sciame ci aveva catturati e torturati. La sua forza aveva tenuto assieme l'intera unità, l'aveva fatta sopravvivere alla desolazione della sopravvivenza e dell'esilio.

E per tutto questo tempo Maxim era stato una costante imperscrutabile, un leader che rispettavo e ammiravo, e l'esatto opposto del mio bisogno di spingere i limiti, di dar inizio alle guerre e di gettarmi a capofitto nella battaglia.

Ma, grazie al nostro legame con Rachel, ora potevo sbirciare dietro la sua maschera, e il formidabile oscillamento delle sue emozioni continuava a stupirmi, e la loro ferocia spesso mi strozzava.

Ma da lui ora mi giungeva un'emozione di contentezza, una sensazione tanto strana quanto magnifica che nessuno di noi due aveva mai provato prima di *lei*.

"Non avrei potuto scegliere nessun'altro, Ryston. E tu mi hai dimostrato che ho fatto la scelta giusta fin dalla prima notte con la nostra compagna." Maxim mi venne incontro e mi strinse la spalla con la mano. "Sapevi fino a che punto potevi spingerla. Io sarei stato troppo cauto e l'avrei lasciata insoddisfatta, non avrei appagato i suoi bisogni. L'avrei delusa. Tu eri la scelta giusta. Lei ha bisogno di te."

Le sue parole mi affondarono nelle ossa come un migliaio di insetti che mi strisciavano sotto la pelle. Non ero abituato a questo genere di conversazioni. Mi mossi, ansioso di allontanarmi da lui.

Cazzo. Avevo bisogno di sparare a qualcosa.

"Ma guardali, i camerati." Rachel entrò nella stanza con indosso la veste color bronzo che le avevo procurato la prima notte. Era la prima volta dopo tre giorni che le avevamo permesso di vestirsi. Il suo appetito sessuale era tanto feroce quanto il nostro. "Che carini. Voi ragazzi siete adorabili."

Maxim fece un balzo indietro e Rachel scoppiò a ridere. I suoi occhi castani si accesero di felicità e il suo sorriso mi fece sbandare il cuore nel petto. Sembrava felice. Soddisfatta. Proprio come doveva essere una compagna.

E quel vestito le avvolgeva ogni curva, soffermandosi sui suoi seni e sui suoi fianchi come la carezza di un amante. Quei seni e quei fianchi che avevo assaporato. Toccato. Leccato.

Il mio cazzo cominciò a sollevarsi. Maxim si mise a braccia conserte e la ispezionò.

"Ogni guerriero nella base ci sfiderà per averti." Il sospiro di Maxim era sia compiaciuto che avessimo una compagna tanto bella, sia rassegnato all'inevitabile. C'erano pochissime donne sulla Colonia. E siccome il collare di Rachel era ancora nero e la cerimonia di accoppiamento non era ancora ufficiale, avrebbero potuto esserci un guerriero o due folli abbastanza da provare a strapparla via da noi, a convincerla a cambiare idea e a scegliere loro al posto nostro.

"Li ucciderò." Espressi quel giuramento ancora prima di riuscire a censurare la mia reazione.

Per un istante pensai di aver forse offeso o spaventato la mia compagna, ma lei si mise a ridere, un suono che era la luce che illuminava le tenebre della mia passata esistenza. Senza di lei non c'erano risate. Non c'era gioia. Non c'era speranza.

Guardai Maxim. "Hai ragione. Non penso che dovremmo uscire."

"Dobbiamo andare. Voglio conoscere Jessica. Viene dalla Terra e voglio parlare con lei." La nostra compagna si toccò i capelli raccolti in un complesso chignon in cima alla testa, il viso contornato da una soffice cascata di colore, il collo nudo, pronto per la mia bocca.

"Ho provato a dirtelo, Ryston." Maxim si avvicinò alla nostra compagna e le accarezzò la guancia. Mi bloccai di fronte alla tenera interazione tra di loro, vedendo come lei si abbandonava al suo tocco e chiudeva gli occhi, il suo corpo che praticamente faceva le fusa. "Ormai il Prima è qui. Troppo tardi per cancellare."

Rachel sollevò la mano per afferrare la guancia di Maxim e sorrise. "Tu non cancelli proprio niente. Dobbiamo andare. Adesso."

Rachel era andata in bagno per prepararsi ed era rimasta nascosta fino a quando non era pronta. Avevamo aspettato più di un'ora, Maxim seduto sul sofà, il suo corpo completamente immobile, ma le sue emozioni che turbinavano dentro la sua testa come una bestia che si insegue la coda. Io avevo passato quell'ora a camminare, dal letto alla porta, combattendo l'urgenza di spogliarmi e di entrare nell'acqua calda assieme a lei quando l'avevamo sentita che si insaponava e si lavava. Il modo in cui Maxim si era sistemato il cavallo dei pantaloni mi fece pensare che anche lui provava la stessa urgenza.

Avevo speso la parte migliore di quell'ora immaginando la sua pelle che si faceva rosata, i suoi capelli che si arricciavano dolcemente sotto il vapore, i suoi capezzoli che si inturgidivano nel tepore del suo bagno.

Sapevo per esperienza personale quali erano gli effetti di un bagno caldo sulla sua carne pallida. Avevamo fatto il bagno assieme già due volte.

Non potevo scopare la sua fica, non fino a quando il

seme di Maxim non attecchiva, e dal momento che il suo culo non era pronto per il mio cazzo, avevo dovuto accontentarmi di leccarla e di farla appoggiare contro il bordo della vasca. Non mi era pesato, nient'affatto, soprattutto quando mi ero masturbato fino a venire, quando avevo spruzzato il mio seme sul suo ventre e i suoi seni bagnati, costringendomi a lavarla da punto a capo.

Rachel inspirò e mi guardò. I suoi capezzoli chiaramente sull'attenti sotto la sua veste. "Tu. Piantala. Subito."

"Sei irresistibile, compagna. Non riesco a non volerti."

Rachel inarcò un sopracciglio e ritornò nel bagno per fare qualunque cosa facesse una donna per prepararsi. Notai che era a piedi scalzi, e capii che con ogni probabilità era andata a prendere le scarpe.

Maxim la guardò e si passò una mano sui capelli, una rara dimostrazione del disagio che riuscivo a percepire attraverso il collare. "Il Prime ha trovato la sua compagna da poco. Capirà il nostro bisogno di scopare Rachel. Diamine, abbiamo solamente trenta giorni, no, anzi, ventisette per far sì che ci accetti." Si passò di nuovo la mano tra i capelli. "Avremmo dovuto rimandare la cena fino a dopo la cerimonia di reclamazione."

Mi appoggiai al sofà e mi misi a braccia conserte. Maxim ed io eravamo pronti ad andare. Non avevamo nient'altro da fare; potevamo solo aspettare la nostra compagna. Non ero mai stato così contento di dovermene stare con le mani in mano. "Lady Deston vuole aiutare. Anche lei viene dalla Terra e vuole aiutare Rachel a sentirsi a casa. Ha invitato anche un guerriero della Terra che vive qui, in questa base. Se Rachel trova altri come lei, con delle usanze simili alle sue, forse si abituerà più in fretta, e sarà felice. Combatteremo per lei e la proteggeremo, Maxim, ma Rachel è intelligente e ama la vita. Purtroppo, scoparla non basterà a farla felice."

A giudicare dal modo in cui mi guardò Maxim, la mia risposta non gli era piaciuta, ma non rispose: sapeva che avevo ragione.

Rachel uscì dal bagno e io la ispezionai da capo a piedi, senza vergogna. Il vestito che le avevo portato la prima sera era rimasto appeso alla sedia fino ad ora. Ora la soffice veste svolazzante rendeva la nostra possessione ancora più completa. Le stava benissimo, mostrava tutte le sue deliziose curve, un accenno di scollatura, e permetteva di dare una sbirciatina alle sue belle cosce quando camminava. Il vestito le arrivava alle caviglie. Il bronzo scuro era un segno della sua rivendicazione di maschio primario, il colore rappresentativo della famiglia Rone. Chiunque l'avesse vista avrebbe saputo che lei era nostra. Sebbene il suo collare fosse ancora nero, segno che non era stata ancora completamente reclamata, il vestito l'avrebbe protetta. Nessuno avrebbe osato mai avvicinarsi a una donna che indossava i colori di un altro guerriero.

Almeno così funzionavano le cose su Prillon Prime. Ma qui, con così tanti uomini senza compagna e con così poche donne? Dovevo sperare che l'onore e la cavalleria avrebbero tenuto a freno tutti gli altri guerrieri, facendoli pazientare fino a quando anche loro non avrebbero ricevuto la loro, di compagna.

La speranza in una compagna tutta loro li avrebbe trattenuti dal farsi avanti. Eppure, la sua stessa presenza era il motivo stesso della loro speranza.

"Mi state fissando. Tutti e due." Si guardò. "C'è qualcosa che non va? Il vestito era un po' complicato da indossare, ma non è che il tessuto si può impigliare nelle mie mutandine. Dal momento che non le porto."

Guardò Maxim e lui sorrise.

"Qui non c'è bisogno che tu ti copra la fica. Solo i tuoi compagni sapranno che sei nuda sotto."

"Sarei nuda anche sotto a un paio di mutandine," rispose lei.

Maxim le si fece incontro, le afferrò il vestito e cominciò a tirarlo su. Io guardai la linea liscia delle sue gambe che appariva pian piano.

"Sì, ma poi non potrei toccarti. Così." Rachel chiuse gli occhi sentendo la sua mano che la toccava. "O infilarti un dito nella fica. Così."

Lui si sporse in avanti e le sussurrò all'orecchio: "Tutte le volte che voglio."

Maxim ritrasse le dita facendola gemere, e il suo vestito cadde di nuovo coprendole le gambe. Sempre guardandola negli occhi, Maxim si infilò le mani luccicanti nella bocca e se le leccò.

Io dovetti premermi il palmo della mano sul cazzo che, diamine, sapeva che lei era eccitata e bagnata e ci voleva. "Cazzo, dobbiamo andare subito, oppure resteremo qui."

Maxim tese la mano e Rachel la prese, sebbene le sue guance arrossate e il suo sguardo appannato mi fecero pensare che anche lei avrebbe preferito restare qui.

8

yston

"Governatore Grone, per averci invitato a cena con te e la tua nuova compagna. È un onore essere qui stasera." La voce del Principe Nial coprì tutte le conversazioni attraverso l'ampio tavolo quadrato. Al tavolo sedevano quaranta invitati, dieci per lato. C'erano dei governatori scelti per comandare sulle varie basi del pianeta, governatori scelti dopo un duello, ma il tavolo quadrato faceva sì che tutti fossero uguali. Era così che doveva essere sulla Colonia. Uguale rispetto per coloro i quali avevano servito, e sacrificato così tanto, per proteggere i cittadini dei pianeti della Coalizione.

In quanto leader di tutti i Prillon, sia che si trovassero su Prillon Prime, su una delle tante corazzate, o qui sulla Colina, il Prime si sedeva sempre a capotavola. Ma qui non sembrava importargli di sedersi alla pari con tutti gli altri. Jessica, la sua compagna, sedeva alla sua destra e Ander, il suo secondo, alla destra di lei, così per proteggerla da entrambi i lati. Così come doveva essere.

Jessica, come Rachel, era una terrestre, ma le loro somiglianze finivano qui. Rachel era piccola e formosa, con ricchi capelli marroni e dei soffici occhi castani. La sua pelle era morbida, color crema, con una punta di marrone.

Jessica, la Regina Deston, come ero mio onore rivolgermi a lei, era più alta della mia compagna e dorata come me. I suoi capelli erano di un biondo scintillante, e i suoi occhi erano blu come dei ghiacciai terrestri che brillavano sopra a delle labbra piene a una pelle così pallida che lasciava intravedere le vene sotto i suoi polsi. Era bellissima, ed entrambi i suoi compagni, il Prime Nial e Ander, l'enorme guerriero che aveva scelto come suo secondo, non la lasciavano mai sola. Anzi, raramente distoglievano lo sguardo dalla loro compagna. Un'ossessione che comprendevo benissimo.

Io non riuscivo a non fissare Rachel, la sua pelle cremosa, le sue soffici curve, i suoi occhi espressivi. Ogni emozione che sentivo attraverso il collare mi faceva girare la testa, mi faceva morire dalla voglia di guardarla in faccia, di imparare i contorni dei suoi occhi felice, arrabbiati o eccitati.

E quell'ultimo stato d'animo era uno che avevo imparato a conoscere per bene, e non vedevo l'ora di vederglielo ancora negli occhi.

Il mio cazzo si drizzò sotto al tavolo e Rachel si contorse tra me e Maxim. Con una risatina mi colpì sulla coscia. "Smettila. Dobbiamo mangiare."

Maxim ridacchiò ma non disse una parola. Non ce n'era bisogno. I miei pensieri lussuriosi, della sua bocca che si allargava attorno al mio cazzo, l'avevano fatta bagnare. Riuscivo a sentirne l'odore, e il dolce profumo della sua eccitazione non riusciva di certo a placare i miei pensieri. Apparentemente, Maxim era fin troppo conscio della reazione del corpo di Rachel perché, un attimo dopo, la sua stessa lussuria ci inondò attraverso i collari.

"Voi due siete un problema. Veramente." Rachel si sporse in avanti e si portò il bicchiere di vino alle labbra. "Smettetela. Non riesco a pensare."

Tre altri governatori erano giunti qui per unirsi alla cena, e così anche il guerriero terrestre che viveva qui nella base. Era il Capitano Brooks. Lo avevo incontrato qualche volta da quando era arrivato sulla Colonia. I guerrieri della Terra si erano uniti nella guerra contro lo Sciame solo di recente, e non erano in molti a sopravvivere alla cattura. E nonostante la Terra si proclamasse pianeta avanzato, non avevano voluto indietro i loro guerrieri contaminati, così come non li voleva Prillon, o Atlan, o nessuno degli altri mondi.

Eravamo tutti delle anime perdute. Perdute, fino a quando prima Jessica, e ora Rachel, non avevano scelto un compagno contaminato. E ci avevano accettati.

La loro presenza era un faro nella notte per tutti i guerrieri di questo pianeta.

Non appena arrivati alla cena, Rachel aveva insistito per trovare immediatamente Brooks. La sua presenza, e così anche quella della Regina, sembrava confortarla. Io avevo lasciato Prillon Prime per non farvi più ritorno, ma ero comunque circondato dai miei fratelli, da altri guerrieri Prillon.

Rachel era l'unica sposa assegnata alla Colonia attraverso il programma spose. C'erano delle guerriere sulla Colina, ma erano state rivendicate in fretta. Rachel, però, era diversa. Lei veniva dalla Terra, non sapeva niente delle nostre usanze, delle usanze di tutti i guerrieri che vivevano sulla Colonia. Né sapeva cosa significasse essere contaminati. Qui sulla Colonia era l'unica ancora pura. Era *lei* l'aliena qui.

Provai a immaginarmi il coraggio che le ci era voluto per immergersi nella sua nuova vita e, ancora una volta, mi trovai affascinato dalla nostra amorevole sposa. Lei sorrideva e parlava e rideva, non importava quale stranezza o deformità ci avesse lasciato lo Sciame, se fossero degli strani occhi argentati privi di colore, o degli arti completamente artificiali fatti di metallo, o delle teste calve ricoperte da cavi neurali – lei trattava tutti con generosità e rispetto.

Mi rendeva orgoglioso di essere abbastanza fortunato da essere uno dei suoi guerrieri, uno dei suoi amanti. Quando l'avevo vista che toccava il braccio metallico di un guerriero senza fare la minima smorfia, quando avevo visto lo shock sul viso del guerriero Atlan, avevo capito che era mia.

E che io ero *suo*.

Tre giorni, e già mi aveva conquistato.

E poi c'era quel guerriero dalla Terra. Avrei dovuto staccargli la testa dal collo a causa dell'interesse che la nostra compagna provava per lui. Ma non era un interesse lussurioso, più che altro la contentezza di vedere un faccia in qualche modo familiare, o quantomeno dei tratti familiari. Lui l'aveva fatta sorridere e rilassare. Maxim e io potevamo scoparla e confortarla, ma il suo bisogno di trovare qualcuno come lei, con un passato e delle usanze simili, non sarebbe stato appagato. Noi non venivamo dalla Terra.

E quindi, per quando riluttanti, la lasciammo parlare con il Capitano Brooks. Parlarono di strane cose, come i burrito e di qualcosa chiamato televisione, con un familiarità che invidiavo.

Il Prime Nial si alzò e tutti quanti ci voltammo verso di lui per sentirlo parlare. Alzò il bicchiere e disse: "Gradiremmo sentir parlare l'unica compagna della Colonia."

Rachel fu percorsa da un brivido e la sua ansia causata dal ritrovarsi al centro dell'attenzione mi colpì con forza, proprio in mezzo al petto.

Sotto al tavolo, le misi la mano sulla coscia, un segno che i suoi compagni erano lì con lei. Lei mi guardò negli occhi, poi guardò Maxim, e infine il Prime. Io la imitai a mi voltai verso il nuovo Prime del nostro pianeta natale. Era grosso quanto un comune guerriero Prillon, ma il suo occhio sinistro era completamente argentato, e così anche buona parte della sua faccia. Era chiaramente contaminato dalla tecnologia dello Sciame, e avevo sentito dire che tutto il resto della parte sinistra del suo corpo era stato contaminato.

Era terrificante, ma, per qualche miracolo, per la grazia e l'amore della donna seduta al suo fianco, aveva reclamato il trono che gli spettava di diritto e aveva cambiato le cose, per tutti noi.

Rachel si leccò le labbra e io mi girai per scoprire che il suo sguardo era passato dal Prime Nial ad Ander, il suo secondo. Ander non era contaminato, non per gli standard dei Prillon. Non aveva degli impianti dello Sciame. Ma era enorme, persino per essere un guerriero Prillon. Aveva delle cicatrici in volto, una lama per poco non l'aveva lasciato orbo di un occhio; una cicatrice profonda e ampia, che partiva in mezzo alla fronte, gli attraversava il sopracciglio, gli passava sopra l'occhio e la guancia per finirgli sul petto.

Chissà come aveva fatto a sopravvivere. E, cose forse ancora più miracolosa, chissà come faceva una bellezza come la Regina Deston ad amare un guerriero contaminato con un occhio d'argento e un mostro sfigurato.

La loro presenza qui era come una droga per tutti noi. Il Prime era più contaminato della maggior parte dei guerrieri qui, me incluso. Se c'era speranza per lui, e per quel brutto bastardo di Ander, allora c'era speranza per tutti.

Il Prime Nial inclinò la testa verso la mia compagna e sollevò le sopracciglia per ordinarle di rispondere. Io le strinsi di nuovo la coscia e Maxim le poggiò la mano sul collo. La circondammo con la nostra forza. E lei fece un respiro profondo per rispondere al suo nuovo leader: adesso lei era una di noi. Non l'avrei lasciata andare.

"Io... beh, io ero... una biochimica. Ho ottenuto il mio dottorato lo scorso anno ed ero a capo del dipartimento di ricerca di una compagnia farmaceutica della Terra chiamata GloboPharma."

La Regina Deston si sporse in avanti con un'espressione compiaciuta. "Sei una dottoressa? Che ficata. A cosa stavi lavorando?"

"Non un dottore dottore, ma uno scienziato," si spiegò Rachel. "Lavoravo in un centro di ricerca per una cura contro il cancro." Rachel scosse la testa con un sorriso triste. "Ma abbiamo ucciso più persone di quante non ne abbiamo aiutate. Il CEO ha falsificato i miei rapporti per la FDA così che approvassero la medicina. Quando l'abbiamo immessa sul mercato, le cose sono andate male, la gente è morta, e loro hanno dato la colpa di tutto a me. Mentre loro se la sono cavata con uno schiaffetto sulla mano e qualche multa."

Non sapevo cosa volessero dire quelle abbreviazioni, ma sapevo che l'aveva accusata e condannata ingiustamente.

"Che schifo. Ma perché eri in prigione? Di solito mica mettono in carcere le persone per cose del genere?" La Regina Deston prese una veloce sorsata del suo vino scuro e guardò la mia compagna oltre il bordo del bicchiere. "O ti sei offerta volontaria per il programma spose?"

Rachel guardò il cibo che aveva nel piatto e fece un respiro profondo. "Sono stata condannata per frode, cospirazione, falsificazione, spergiuro. E sono coinvolta in così tante cause civili che non vedrò mai la fine."

Le sopracciglia scure del Prime Nial schizzarono in alto. "Quanti innocenti sono morti?"

"Almeno quattrocento." La vergogna e la colpa si insinuarono nel cuore di Rachel, e io sentii il desiderio di prenderla tra le braccia, così come desideravo prendere a pungi il Prime Nial per averla turbata.

"Quattrocento morti. È un'accusa grave."

La Regina Deston scattò per difendere Rachel. "Ma non è stata lei." La donna sollevò il bicchiere verso la mia compagna, in un gesto di solidarietà e rispetto. "Io ti credo. Ciecamente."

Le guance di Rachel si colorirono di un interessante sfumatura di rosa. "Grazie."

"E non tutto è perduto. Sei finita qui, la dolce crema in mezzo a due bei Oreo Prillon."

Rachel per poco non si strozzò col vino. Il Capitano Brooks tossì con forza, un gesto che molto probabilmente servì a nascondere la sua risata. Non sapevo cosa fosse un Oreo, ma era chiaramente una sfacciata insinuazione terrestre. La risata della Regina Deston risuonò per tutta la stanza mentre il suo secondo – quel mostro di guerriero – la guardava accigliato. "Comportati bene, compagna."

Ma la Regina Deston non fece che ridere ancora più forte, gli mise una mano sulla guancia e gli diede un veloce bacio sulle labbra che zittirono tutte le sue proteste.

Comprendevo benissimo il suo sguardo confuso e rassegnato.

Quando Rachel mi toccava con la stessa tenerezza, non potevo proprio dirle di no. Il che non significava che non mi sarei messo a ricercare cosa diavolo fosse un Oreo non appena saremmo tornati nei nostri alloggi.

Maxim si schiarì la gola e la risata si affievolì. "Il passato non mi riguarda. Lei è la mia compagna, è stata abbinata a me. Ho scelto il Capitano Ryston Rayall come mio secondo. E siamo qui per celebrare l'inizio di un nuova era sulla Colonia.

Il Prime Nial annuì. "Quanti di voi guerrieri si sono sottoposti ai test del programma spose?"

"Dottor Surnen?" Maxim si voltò verso il dottore della Base numero 3 e l'ansia che provava Rachel nel trovarsi al centro dell'attenzione si tramutò in un odio silenzioso.

Quindi la mia compagna non ci aveva ancora perdonati. Le massaggiai la coscia con gentilezza, rinnovando la mia determinazione a farle sbollire la rabbia con una sana scopata.

Il dottore si schiarì la gola. "Prima dell'arrivo di Lady Rone, meno del 10% dei guerrieri della Base 3 si erano sottoposti ai test. Ma dopo il suo arrivo il numero è triplicato. Nel giro delle prossime sei settimane, tutti i guerrieri della Base 3 si sottoporranno al test."

Il Prime Nial annuì e si rivolse al Governatore Bryck, della Base numero 2. "E i tuoi guerrieri, Bryck?"

L'uomo annuì sorridendo. "Lo confesso, io stesso non mi sono ancora sottoposto ai test. Tuttavia," fece un pausa, guardando prima la Regina Deston e poi Rachel con uno sguardo famelico, "rimedierò al più presto a questo errore."

"Ottime notizie." Il Principe Nial si congratulò con noi e tutti gioirono. "Che gli dèi vi benedicano, Governatore Rone. Ryston."

Non potei fare a meno che dirmi d'accordo e guardare la nostra bellissima compagna.

———

Rachel

Incrociai lo sguardo sbarazzino di Jessica e per poco non scoppiai a ridere.

La crema in mezzo a due bei Oreo Prillon?

Seriamente?

Certo lei sapeva quello che diceva. E i suoi compagni erano persino più grossi dei miei. Il Prime era spaventoso, con quel suo strano occhi argentato. Ma l'altro sembrava cattivo. La cicatrice che gli attraversava la faccia mi faceva venire i brividi, e mi chiesi come mi sarei sentita a farmi dominare da lui a letto.

Eccitata. Ecco come. Eccitatissima, cazzo. Non che potessi lamentarmi. I miei compagni mi tenevano superoccupata, e ancora non mi avevano presi assieme. Avevo sentito dire che Jessica aveva lasciato che i suoi due compagni la prendessero in diretta davanti a miliardi di persone, dopo una sorta di battaglia da gladiatori, al centro di una cavolo di arena. Con migliaia di persone che erano lì, di *persona*, a guardarli e a fare il tifo per loro.

Il sesso come uno sport con spettatori. Quella donna aveva delle palle d'acciaio. Veramente.

Porca miseria. Jessica era fantastica. Per me era già come una sorella, ed era pure la regina di un intero pianeta del cavolo. Il Capitano Brooks era un fan dei Chicago Clubs, amava i thriller e i film di supereroi, e giurava di poter preparare la miglior torta di mele dell'intera Colonia. Il segreto era la ricetta di famiglia che gli aveva tramandato sua nonna.

E io mi trovavo qui, seduta in mezzo a due guerrieri alieni, a mangiare con una tavolata piena di alieni provenienti da almeno cinque pianeti diversi, e mi sentivo a casa.

Dio, la vita è strana. E imprevedibile. E, a volte, veramente fantastica. Mi erano bastati tre giorni qui per rendermi conto che mi sarebbe stato impossibile ritornare alla mia vecchia vita.

Che ribelle che ero, eh? Fammi andare su di giri con un paio di amanti aggressivi con i cazzi enormi, fammi strillare, dammi qualche orgasmo, fammi sentire bellissima e desiderata e amata... per farla breve – ero spacciata. D'improvviso, tutte le stronzate politiche della Terra non erano poi così importanti.

Eppure. Della gente era *morta*. E loro avevano insabbiato tutto così da poterlo fare di nuovo.

A meno che io non riuscivo a fermali. In qualche modo. Dall'altra parte dell'universo. Sapevo che mi trovavo su un altro pianeta, ma d'improvviso mi sentii come investita dalla consapevolezza che non avevo la minima idea di dove mi trovassi. Di dove mi trovassi rispetto alla Terra. Al sole. A tutti e a tutto il resto.

Negli ultimi tre giorni l'unica cosa di cui mi era importata era del sesso da mettimi-a-novanta-e-fammi-tua. Stare insieme a Maxim e Ryston era bellissima, sfiancante, e io mi ero completamente perduta dentro di loro, nelle loro emozioni e nel loro dominio fisico. Nel piacere che avevo trovato stando in mezzo a loro. Mi ero sempre sentita fiera di essere una donna furba, educata e indipendente. Ma loro mi facevano sentire – qualcosa di più. E anche qualcosa di meno. E il mio cervello stava discutendo seriamente col mio cuore per cercare di capirci qualcosa.

Mi sentii assalita dalla colpa e così presi un'altra sorsata del vino che avevano trasportato da un pianeta chiamato Atlan. Era piuttosto buono, ma non forte abbastanza da spazzar via il mio desiderio di impedire al CEO della GloboPharma di far del male a delle altre persone.

Avrei trovato un modo per mettermi in contatto col mio avvocato, assicurarmi che si facesse qualcosa. Certo, mi trovavo su un altro pianeta, ma questo non voleva dire che dovevo lasciar perdere.

Sollevai lo sguardo e vidi che il secondo compagno di Jessica, un guerriero di nome Ander, mi guardava intensamente. "Anche tu, come la mia compagna, sei innocente?"

Fui abbastanza fiera del fatto che riuscii a restare calma sotto il suo sguardo. "Sì."

"Così come era innocente la nostra Jessica. Sembra che il sistema giudiziario sulla Terra sia in qualche modo difettoso."

Jessica si sporse in avanti e gli poggiò la testa sulla spalla, come se fosse la cosa più naturale del mondo. Ander rispose immediatamente, la avvolse con un braccio e le massaggiò la schiena con un gesto gentile in pieno contrasto con la sua enorme mole e la sua faccia terrificante.

"Sì, lo è. Io ho seguito la legge alla lettera. Quando ho scoperto la verità sui crimini, sulle persone che soffrivano e che morivano, l'ho condivisa."

"Le persone non vogliono la verità, Rachel. Noi siamo la verità, la verità riguardo il nuovo nemico della Terra, eppure loro ci nascondono qui." Il Capitano Brooks aveva una voce rassegnata e carica di amarezza. "Non posso andare a casa, non più di quanto possa farlo tu."

Tutti quanti si voltarono verso di lui.

"Non è più così." Il Prime Nial sollevò la voce per assicurarsi che giungesse a tutti. Ma non ce n'era bisogno. Le parole del Capitano avevano zittito tutti, come se nessuno avesse il coraggio di parlare ma preferisse aspettare la risposta del Prime. "La mia compagna ha insistito a lungo, a raccontato a chiunque abbia orecchie del tuo coraggio. Le leggi di Prillon non sono le leggi della Terra. Sei libero di andartene, di fare ritorno sul tuo pianeta natale, dove verrai lodato per il servizio prestato."

Il capitano guardò Lady Jessica. "Tu vieni dalla Terra. Vieni dagli Stati Uniti. Pensi davvero che verrò lodato per il mio coraggio, conciato così?"

Il capitano si alzò in piedi e si tolse l'armatura. Nessuno lo fermò e io lo fissai, scioccata dal suo petto nudo. Più della metà del suo torace era ricoperta in una strana massa di circuiti argentati, identici a quelli che ricoprivano la tempia di Ryston. La parte inferiore del suo braccio sinistro era completamente d'argento, al punto che mi chiesi come mai avessi fatto a non notare il guanto nero che indossava quando mi aveva stretto la mano. Ero così felice di poter parlare con qualcuno dalla Terra che non vi avevo prestato attenzione. Il suo braccio destro, dal gomito in giù, sembrava un innesto robotico, senza nemmeno un grammo di pelle umana. Degli strani segnacci neri, simili a delle vene, gli correvano sulla carne umana che restava, cominciando dall'orlo degli impianti, là dove l'uomo incontrava la macchina. Era come il figlio dell'Ispettore Gadget e di Terminator.

"C'è dell'altro. Sulla schiena, sulla mia gamba sinistra." Si chinò, prima verso Jessica, poi verso me. "Lodato, signore? O temuto? Ti ringrazio per i tuoi bei sogni, Prime Nial, ma la Terra non è così avanzata come potresti credere." Guardò Jessica negli occhi, esigendo una risposta. "Quindi? Ora questa è la nostra realtà, mia lady. Non si torna a casa. Nessuno di noi."

Jessica si alzò in piedi e tutti gli occhi dentro la stanza la seguirono. "Sulla Terra io ero un soldato. Ho speso otto anni nell'Esercito. Il mio compagno, il Prime del vostro mondo, porta su di sé i segni del tempo passato in mano allo Sciame. Io lo amo. Il suo occhio argentato, i segni sulla sua carne…

per me non significano niente. Lui è mio. Lady Rone è la prima sposa abbinata alla Colonia, e a giudicare dal modo in cui guarda i suoi compagni, non dubito che lei prova quello che provo anche io. Sottoponetevi ai test, signori. Abbiate fiducia. Se non credete di poter tornare a casa, a una vita normale, allora costruitevi una nuova vita qui, assieme alle vostre compagne. Una nuova normalità. Vivete. Non permettete alla paura di fermarvi. Il programma spose non vi invierà una sposa che non potrà amarvi per quello che siete. Rachel? Mi sbaglio, per caso?"

Cadde il silenzio e Jessica si voltò verso di me. Entrambi i miei compagni mi guardarono con un'attenzione rapita, e sapevo che anche loro, così come tutti gli altri, aspettavano con ansia la mia risposta.

9

Questi guerrieri sulla Colonia erano feriti e perduti. Quando la Custode Egara aveva provato a dirmi quanto fosse importante il Programma Spose, io non avevo capito. Ma vedere il Capitano Brooks denudarsi di fronte a tutti, vulnerabile e in preda alla vergogna, era come una pugnalata al cuore. Era un umano, un ex soldato. Duro come il ferro, ridotto a svergognarsi in pubblico, sfidandomi a rifiutarlo.

Io mi alzai, lentamente, e sentii il peso di ogni parola ancor prima di pronunciarla. "Incontrare il proprio compagno per la prima volta è un'esperienza più sconvolgente di quanto possiate immaginare. L'ho capito non appena li ho visti. Ho sentito la connessione. Non posso descrivere cosa mi è successo la prima volta che ho visto Maxim, che ho sentito la sua voce, o la prima volta che Ryston mi ha baciata. E se anche uno di loro fosse stato come te, Capitano Brooks, niente avrebbe potuto impedirmi di volerli."

Maxim mi poggiò la mano sulla coscia e Ryston mi afferrò la mano intrecciando le sue dita alle mie. E tutti esultarono.

La speranza era come una droga, e ora sembrava che ogni guerriero nella stanza ne fosse inebriato.

Il resto del pasto passò velocemente. Il Capitano Brooks si rivestì e mangiammo un sacco di frutta fresca che mi esplose sulla lingua come un sorbetto mezzo sciolto all'arancia, ai lamponi e al lime. Il piatto principale che venne servito agli uomini era una qualche specie di carne alta quattro centimetri. Pronta a gemere in protesta, fui invece deliziata quando un piatto di lasagne fresche mi venne poggiato davanti.

Felice, guardai Jessica, che mi sorrise come una cospiratrice. Notai che avevano servito il piatto della Terra anche al Capitano Brooks. Sembrava che la conformarsi sulla Colonia consisteva nel *non* conformarsi. Nessuno aveva gli stessi impianti Cyborg. Ognuno era diverso. Pianeti diversi, esperienze diverse, e persino gusti diversi in fatto di cibo.

La cena proseguì, e la mano di Maxim continuò a muoversi, spostandosi dalla mia spalla alla mia schiena, e quindi sul mio ginocchio. Si soffermò lì per qualche minuto prima che la sua mano mi tirò il ginocchio destro e quella di Ryston il sinistro, facendomi spalancare le gambe sotto il tavolo.

Avrei dovuto protestare, ma la lussuria e l'orgoglio, il puro desiderio e la tenerezza che mi bombardavano mi resero impossibile resistere ai miei compagni che mi stuzzicavano, le loro dita così vicine al mio centro, ma senza mai toccarlo veramente.

Non che io fossi un'adolescente arrapata, e sapevo che

questo non era né il luogo né il momento, ma le loro mani calde e pesanti così vicino alla mia fica mi tenevano sull'orlo del baratro, un costante promemoria: loro erano miei.

Diverse volte guardai il Capitano Brooks e lo sorpresi che mi guardava con uno strano sguardo negli occhi.

Una volta finita la cena, scostai le mani dei miei compagni e mi alzai. "Voglio andare a parlare con il Capitano Brooks."

"Vengo con te," si offrì Ryston senza esitare, e io ero contenta della sua compagnia. Mi piaceva il capitano, ma stare in una stanza piena di sconosciuti che dal primo all'ultimo erano letteralmente capace di strapparmi a metà a mani nude, beh, mi innervosiva.

Maxim annuì vedendoci passare. Lui era stato attirato in una conversazione con il Governatore Bryck che sedeva alla sua destra, un bruto enorme, una bestia Atlan, mi aveva detto Ryston, che comandava sulla Base numero 2. Io pensavo che i Prillon erano grossi, ma gli Atlan...

Mi avvicinai al capitano lentamente. Non aveva mangiato quasi niente. Sembrava sfasato, come se stesse male.

Gli misi la mano sulla spalla prima che Ryston potesse fermarmi. "Va tutto bene, Capitano? Non hai una bella cera."

Il Capitano sollevò la testa, mi guardò e sussultò. Le linee nere che avevo notato prima sul suo petto e sulle spalle si erano allargate risalendo su per il collo e finendogli sulle guance, come un'infezione che si espande partendo da una ferita. "No. C'è qualcosa che non va. Non riesco – la testa – mi fa male."

Merda. Merda. Merda. Cadde a faccia avanti e io provai a tenerlo su, ma era molto più grande e più pesante di me.

Ryston lo afferrò da dietro e gli impedì di trascinarmi con lui. Il mio compagno gridò: "Un dottore! Ora!"

Tutti quanti si mossero il dottore, lo stronzo che ancora non avevo perdonato per quel suo quasi "esame" a cui voleva sottopormi, corse verso di noi stringendo con in mano la sua strana bacchetta. Ryston depose il Capitano Brooks sul pavimento.

"Cosa sono questi segni neri?" La voce del Principe Nial interruppe il silenzio.

Il dottore rispose senza alzare lo sguardo. "Non lo sappiamo. Sono apparse qualche settimana fa. Le scansioni della bacchetta ReGen non mostrano nulla. Spariscono nel giro di pochi giorni. Penso si tratti di un nuovo virus o di un antigeno nativo della Colonia. Scopriamo cose nuove ogni giorno."

"A me non sembra che siano sparite, dottore," disse Ryston.

"Lui è il primo umano a venirne infettato. Il loro sistema immunitario è diverso." Il dottore guardò il capitano negli occhi, gli controllò il battito e guardò di nuovo la sua bacchetta, mentre io tenevo la testa del Capitano poggiata sulle mie ginocchia. Brooks respirava ancora, seppur flebilmente, e io non volevo che si sentisse solo, abbandonato. Gli passai la mano tra i capelli, ancora e ancora, facendo del mio meglio per confortarlo.

"Ha delle tracce di Kell nel sangue." Le parole del dottore fecero irrigidire Ryston. Io passai le dita sulla fronte del Capitano, sperando che riuscisse a sentire il mio tocco. Ma cosa diavolo stava succedendo? Una qualche specie di infezione?

"Kell? Ne sei sicuro?" chiese Maxim.

"Sì." Il dottore rispose senza alzare lo sguardo.

Che cos'era il Kell? Perché la furia di Maxim era tale da

farmi stringere la gola, al punto che dovetti sforzarmi per non vomitare sul pavimento? Ed era vero, il Capitano Brooks era il primo umano che ne veniva infettato? Non capivano la fisiologia degli umani? La Terra non aveva consegnato ai dottori della Coalizione dei dati sulla fisiologia umana prima di inviare qui i nostri soldati, le nostre spose?

Tre respiri strozzati e il capitano cadde in preda alle convulsioni.

Ryston mi strattonò per farmi spostare, e quattro enormi guerrieri si fecero avanti per tenere fermo Brooks. Sembrò durare per sempre, e io mi aggrappai a Ryston come se ne andasse della mia stessa vita. Maxim si unì a noi, si interpose tra me e la vista del capitano che si contorceva sul pavimento.

Quando finalmente si fermò, il dottore scosse il capo.
"È morto."

10

Maxim

Un guerriero era appena morto davanti ai nostri occhi. Durante una cena a cui partecipava persino il Prime. Non preannunciava nulla di buono per la Colonia, e soprattutto per la Base numero 3. Ma passava tutto in secondo piano rispetto alla mia compagna. Io mi preoccupavo solo per lei. Aveva mai visto qualcuno morire prima d'ora? Tutti qui nella stanza, a parte Lady Jessica, avevano combattuto contro lo Sciame, erano stati catturati e torturati. Sapevano cosa significava *tenere duro*, vedere in faccia la morte e scegliere la vita. Aggrapparsi alla vita con le unghie e con i denti, lottare e ritornare dal baratro... oppure voltarsi e permettere alla morte di prenderti. Dal mio inferno personale per mano dello Sciame, spesso mi ero chiesto se avessi fatto la scelta giusta. Prima di Rachel, a volte avevo immaginato la morte come una scelta migliore della sopravvivenza.

Perché fino a pochi giorni fa, prima di venire abbinato a lei, questo era tutto quello che avevo fatto: sopravvivere.

Proprio come aveva detto il Prime Nial prima che si scatenasse il putiferio, era tempo di vivere.

Ma ora... cazzo. Ora la nostra compagna aveva visto con i suoi occhi la morte di un suo simile. Era tra le mie braccia, rigida, tesa. Non si sarebbe abbandonata al mio abbraccio, allo scudo protettivo delle mie braccia. Il mio corpo non poteva proteggerla ne confortarla. Non mi permetteva di darle conforto, o di proteggerla da quello che era successo. No, lottava per essere liberata, per ritornare a fianco del Capitano Brook.

La mia compagnia era una guerriera. Non portava con sé un arma, ma la sua mente era affilata come un rasoio, e io riuscivo a percepire le sue emozioni attraverso il collare. Non aveva paura. Era arrabbiata. Determinata. Testarda. E così bella. La sua feroce risolutezza non faceva che farmela desiderare ancora di più.

"Era il Kell. Senza ombra di dubbio. Chiaramente, era un debole," la voce del dottor Surnen era piena di disgusto e Rachel si irrigidì. Il disprezzo che provava per il dottore mi inondò attraverso il collare, come un veleno. Ovviamente, il dottore non le aveva fatto una buona impressione. E la mia compagnia non poteva né dimenticare né perdonare il loro primo incontro.

Rachel mi scostò via e si girò facendo turbinare il suo lungo vestito. "Non ho idea di cosa diavolo sia il Kell, ma lui non era *debole*. Era una Navy SEAL, Dottore. Abbi un po' di rispetto." Le sue parole erano pieno di disprezzo.

A me il dottor Surnen non piaceva, ma lui sapeva quello che faceva. Era brillante, e da quando lo conoscevo aveva salvato più di una vita. Molti cittadini della Colonia giungevano qui immediatamente dopo essere stati salvati dalla prigionia dello Sciame, rotti e a malapena riconoscibili. Il dottore riusciva sempre a riportarli indietro. Sempre. Aveva salvato uomini che nessuno pensava potessero essere salvate. Per questo, se non altro, si era guadagnato il mio rispetto.

"Mia lady." Il dottor Surnen alzò lo sguardò sulla mia compagna. "Non volevo offenderti. Il Kell è una sostanza chimica che tutti conoscono sulla Colonia. Altera gli agenti chimici all'interno del cervello e rende il paziente più felice, allevia l'agonia della loro nuova vita. Le Unità di Integrazione dello Sciame adattano il nostro sistema così che da rilasciarne delle piccole dosi. Quando veniamo tagliati fuori dalle frequenze dello Sciame, quelle funzioni vengono perdute, e le cellule cyborg smettono di produrre il Kell. In molti non riescono ad adattarsi. Ne diventano dipendenti."

"Quindi è una droga? È legale?"

"No." Risposi io prima che il dottore potesse continuare. "Lo Sciame la usa per accelerare il metabolismo e indebolire le menti dei loro prigionieri durante il processo di integrazione. Dopo, viene tenuta a un livello costante nel flusso sanguigno, così da indebolire le nostre menti e far sì che noi restiamo... docili."

Rachel guardò il capitano, pensierosa. "Quindi, è una droga che altera la mente, come l'Ecstasy. Vi fa sentire contenti? Soddisfatti?"

Il dottore sollevò un sopracciglio. "Non so cosa significhi estasi, se non in un contesto sessuale. Ma il Kell viene spesso abusato dai guerrieri che provano a resistere al nuovo brutale status in cui sono relegati."

"Status?" Rachel si avvicinò al dottore.

"Dei contaminati. Dei reietti." Il dottore ignorò la mia compagna e passò la bacchetta ReGen sul cadavere del Capitano Brooks, dalla testa ai piedi. Non mi piaceva il modo in cui si era espresso. I guerrieri presenti non avevano bisogno di sentire dire certe cose da uno dei nostri medici. I nostri impianti cyborg erano un crudele promemoria che ci ricordavano che avevamo combattuto ed eravamo sopravvissuti.

"Sei uno stronzo." La Regina Deston si fece strada per piazzarsi di fianco alla mia compagna, e le due donne si scambiarono uno sguardo che non avrei avuto speranza di decifrare se non fosse stata per la connessione che condividevo con Rachel. Concordanza. Accordo. Amicizia. "E Rachel ha ragione. Se era un SEAL, era un tipo tosto. Non credo potesse strapparsi la maglia di dosso durante la cena, sfidarci e poi rannicchiarsi e morire di overdose. Impossibile."

Rachel annuì. "Voglio eseguire dei test."

Le donne della Terra non erano *per niente* contente di quello che era successo a uno dei loro simili.

La Regina Deston inclinò la testa e Ander e il Prime Nial la fiancheggiarono, due dei bastardi più inquietanti che avessi mai avuto il piacere di conoscere. La Regina portò la mano sulla spalla di Rachel. "Okay, signorina Dottorato in Biochimica. Scopri cos'è successo. È un veterano. È nostro. Voglio delle risposte, perché queste sono un mucchio di stronzate."

È un veterano. È nostro.

Le parole della regina zittirono l'intera sala, e ogni guerriero presente assorbì le reazioni delle due donne. Ci avevano etichettati come reietti. Anzi, meno. Ma veterano era una parola rispettosa che ci aveva offerto la nostra Regina. Avevamo protetto il nostro popolo ed eravamo sopravvissuti al peggior inferno immaginabile. La sua accettazione e il suo supporto erano un balsamo, ma facevano anche male. Era come strappare le croste di una ferita appena guarita. Ma era un dolore che accoglievo ben volentieri.

"Non ci sono dubbi che alcuni qui sulla Colonia abusino del Kell, ma non tutti," risposi io.

Il dottor Surnen si alzò in piedi e annuì. "Non voglio offendere, Lady Rone, ma in base ai risultati dei test, il Capitano Brooks era uno di loro."

Rachel guardò il capitano che giaceva sul pavimento. "Gli ho parlato poco fa. Ieri si era sottoposto ai test per il programma spose, non vedeva l'ora di venire abbinato. Un guerriero che si annega in una droga illegale per alleviare la propria *agonia* non si sottopone ai test," rispose lei. Aveva usato le stesse parole che il dottore aveva scelto tanto poco accuratamente.

"Tu sei nuova qui sulla Colonia, e non conosci l'angoscia mentale con cui dobbiamo lottare," rispose il dottore. "Lo hai visto anche tu, quanto era arrabbiato a causa degli impianti dello Sciame."

"È vero," rispose Rachel, chiaramente ripensando all'uomo che si toglieva la maglietta durante la cena. Sarebbe stato un comportamento appropriato durante una cena sulla Terra? "Ma io conosco gli uomini della Terra. E conosco la fisiologia umana, e come i nostri corpi reagiscono alla droga. Era questo il mio lavoro."

"Sì, e hai avvelenato e ucciso centinaia di persone."

Io ringhiai e feci un passo verso il dottore. Ryston era al mio fianco.

"Sta' attento," gli dissi stringendo i pugni.

Il Prime Nial si mise in mezzo. "Scusati con Lady Rone. Non sai niente del suo passato. Io credo alla sua innocenza, e così anche i suoi compagni. Affermando il contrario, e in modo così sfacciato, manchi di rispetto al loro abbinamento, al governatore della tua base, e a me, il leader di tutto il popolo Prillon."

Il dottore sembrava contrito, ma solo perché il Prime l'aveva rimproverato, non perché si era pentito di quello che aveva detto.

Contrasse le labbra e chinò il capo. "Mi dispiace, Prime Nial. Governatore."

"Fanculo. Non scusarti con noi. Scusati con Lady Rone," dissi digrignando i denti.

"Le mie scuse, Lady Rone."

Rachel fece un gesto a mezz'aria, come se gli uomini nella stanza non avessero alcuna rilevanza. Quindi disse alla Regina: "Il fatto che ci fosse del Kell nel sistema del capitano non vuol dire nulla. Non indica *come* ci sia finito nel suo corpo. Forse ha assunto la droga per conto suo. Forse no. Forse l'hanno avvelenato. La droga ha mai causato quell'effetto prima d'ora, le strisce nere sulla sua pelle?"

"No."

Aveva ragione. Prima d'oggi non avevo mai visto niente del genere. Percepivo la rabbia della mia compagna e la frustrazione del dottore, ma ero fiero di lei, felice di aver visto la sua mente scientifica al lavoro. Non c'era tempo da perdere. Dovevamo scoprire la verità. Se la causa era nefasta, allora dovevamo raccogliere le prove. Se avessimo tirato a indovinare non avremmo fatto altro che intralciare le indagini. E condannare altri guerrieri allo stesso destino.

E se io ero in pericolo, allora il mio popolo era in pericolo, e dovevo saperlo. Ora. Non potevo più permettermi il lusso di pazientare. Mi rivolsi al dottore.

"Dobbiamo investigare su tutte le morti sulla Colonia. Analizzare i cadaveri con una passata di bacchetta ReGen non basta, Dottore. Portateli nella stazione medica e analizzateli. Dobbiamo scoprire la verità." Mi girai verso Rachel e le afferrai la guancia. "Non importa quale sia."

Lei sbatté le palpebre. Sapevamo entrambi che ogni tanto la verità non era quella che volevamo sentire. E non importava quale fosse questa verità: io sapevo che lei sarebbe rimasta oggettiva. Non mi fidavo di nessun altro, nemmeno del dottore. Avevamo tutti i nostri pregiudizi, c'era troppo in gioco. Avevamo accettato la risposta facile, la risposta che tutti si aspettavano, troppo prontamente. Il Kell. Erano anni che era un problema, e non facevamo in tempo a scovare un rifornitore che subito un altro prendeva il suo posto.

Guardai Rachel brevemente, poi il Prime Nial. Vidi la sua mente che lavorava, mentre elaborava le parole della mia compagna. Le sue affermazioni non erano dubbiose, ma solo e soltanto oggettive. Vidi il secondo in cui la sua mente capì quello che Rachel stava suggerendo.

Il Prime non aveva peli sulla lingua. "Stai dicendo che qui c'è qualcosa di sospetto? Che questo era un omicidio?"

Rachel fece spallucce e guardò il nostro leader dritto negli occhi. "Non lo so. Il test del dottore potrebbe anche essere corretto. Forse il Capitano Brooks è morto di overdose. Le indicazioni di quella... specie di bacchetta sono accurate, ne sono certa. Ma non ci danno tutti i dettagli di cui abbiamo bisogno. Io lo conoscevo da poco, ma non mi è sembrato un tossicodipendente. Era intelligente e aveva un ottimo senso dell'umorismo. Dobbiamo tenere gli occhi aperti. Se sta succedendo qualcosa, allora quel genere di supposizioni sono esattamente quello che i vostri nemici vogliono che voi facciate."

"Quali nemici?" chiese il Prime.

Rachel fece spallucce. "Io sono nuova qui. Di politica non ne so niente." Guardò me. Io di politica ne sapevo eccome, e se Rachel stava considerando la possibilità di un omicidio, allora eravamo nei guai.

Un team medico entrò nella stanza con una barella. Sollevarono il corpo del capitano e lo ricoprirono con un lenzuolo.

"Portatelo nell'obitorio, e voglio una guardia fino al nostro arrivo. Prelevate tutti i campioni di cui avete bisogno, ma voglio che il corpo resti lì fino a quando Rachel non ha finito con i suoi esami." I guerrieri che portavano il capitano annuirono e lasciarono la stanza, e la faccia del dottore si fece di un arancione scuro.

"Io?" chiese Rachel.

"Sì, tu. La tua competenza ci sarà utile."

Lei mi guardò in un modo... che non saprei come descrivere. Non era amore. Non era speranza. Non era sorpresa. Faceva un po' male, il fatto che lei non si aspettasse che io la includessi, il fatto che lei pensasse che io non la ritenessi abbastanza intelligente, che la sua educazione e la sua esperienza non fossero abbastanza per renderla partecipe, solo perché lei era... cosa? Una donna? Una terrestre? Solo una compagna?

Diamine, la Colonia era un posto dove tutti si sentivano lasciati fuori, inutili, non necessari. Con una mente malata solo perché un occhio aveva un impianto ottico, o i muscoli del braccio erano stati contaminati con la tecnologia biosintetica dello Sciame. Io, come tutti gli altri guerrieri della Colonia, sapevo esattamente cosa si provava ad essere messi da parte. Ad essere indegni. Deboli.

Non lo avrei mai fatto a Rachel. Non solo perché lei era la mia compagna, ma perché lei era *lei*. Nessuno sulla Colonia voleva farla sentire un'inetta, un'incompetente. La mia compagna era molto di più che una semplice femmina da scopare. La sua mente era come un computer, già stava lavorando alla ricerca di risposte. Pensava. Chiedendo cose che gli altri non avevano pensato di chiedere. Era un'outsider e una scienziata che forse aveva appena svelato uno dei problemi del nostro pianeta. Era perfetta. Forte. E così bella che mi faceva male il cuore a guardarla.

"Sono perfettamente in grado di eseguire un'autopsia, Governatore." Il dottor Surnen incrociò le braccia sul petto e si accigliò.

A proposito di politica. "Lo so, Dottore. Non ho nessun dubbio nelle tue abilità. Ma Rachel qui è una straniera, e sul suo pianeta era una dottoressa. Ha studiato i corpi umani, sa come funzionano. Ti chiedo di lasciarla assistere, di cercare qualcosa che noi Prillon potremmo non notare."

"Ottima idea," disse il Prime Nial. "Non sottovalutare mai una donna, Dottore. È un'umana. Le permetta di onorare il suo amico caduto."

Il dottore guardò me e poi la mia compagna. Si ingobbì e disse: "Certo. Lady Rone, sei la benvenuta nel mio laboratorio."

"Grazie," disse Rachel con voce flebile, e fu come se un incantesimo fosse stato infranto. Tutti quelli bloccati dallo choc improvvisamente si rianimarono, e a velocità doppia. I piatti tintinnarono, mentre si sparecchiava. Le voci aumentarono di volume mentre le speculazioni infuriavano per tutta la stanza e quelli che avevano visto la morte del Capitano spargevano la voce. Presto l'intero pianeta avrebbe saputo quello che era successo. E noi dovevamo essere in grado di dar loro delle risposte.

"Dottore, raduna il tuo team e determina la causa esatta del decesso. Se il Capitano Brooks ha anche un solo capello fuori posto, se c'è qualcosa di anche solo vagamente sospetto, voglio saperlo."

Il dottore inclinò il mento, girò i tacchi e si allontanò.

Noi rimanemmo lì, Rachel al mio fianco, Ryston di fianco a lei, il Prime, la Regina Deston e Ander l'uno vicino all'altro. E il cipiglio del Prime mi fece venire la pelle d'oca.

"Lo sai cosa significa, Governatore. Mi dispiace."

Cazzo. Temevo che sarebbe successo. "Non annunciamolo subito. Non voglio che gli uomini perdano la loro speranza, non quando sentono ancora sulla lingua il sapore del test."

Rachel mi fece scivolare la mano lungo il braccio e le sue piccole dita mi avvolsero il polso. "Che sta dicendo? Quale annuncio?"

Il Prime Nial guardò la mia compagna, gli occhi annebbiati dal rimorso. "Niente più spose."

"Cosa? Perché?" Rachel mi strinse il polso con forza.

"È troppo pericoloso," risposi io.

Lei scosse il capo.

Io proseguii: "Non possiamo portare delle spose qui, Rachel, non fino a quando non scopriamo cosa è successo."

"Si tratta di un unico uomo. Uno solo."

"No, amore. Temo che non sia così." Guardai Ryston, che annuì, e io scossi il braccio libero per sollevare la manica della tunica ed esporre i miei impianti. Il grido strozzato della Regina mi fece capire che avevo dimostrato quello che volevo dire ancor prima che le dita di Rachel tracciassero le linee argentate degli impianti, e il labirinto nero che si espandeva come una ragnatela dalla spalla al polso.

"Cosa? Quando è successo?" Mi guardò negli occhi, e il suo sguardo brillava per le lacrime non versate. "Non ce le avevi ieri notte quando..."

Ero nudo e stavamo scopando? Quando la stavo facendo gemere e fremete e implorare? No. Qualche ora fa, non avevo niente di cui preoccuparmi. E ora, la mia pelle portava i segni della morte.

Rachel

I miei compagni mi accompagnarono lungo i corridoi colorati e restarono in silenzio per tutto il tempo. Riuscivo a percepire la loro rabbia, la loro ostilità, ma io ero tutta presa dai miei pensieri. E dalla mia tristezza. Il Capitano Brooks non era morto di overdose. Era arrabbiato per quello che lo Sciame gli aveva fatto, sì, ma era un combattente. Mi rifiutavo di credere che si fosse sottoposto ai test per essere abbinato mentre si lasciava sprofondare nel vortice della droga. E poi – proprio prima di una cena formale?

Impossibile. Io conoscevo il dolore. Avevo visto centinaia di persone combattere con tutte le loro forze mentre il cancro se li mangiava vivi. Sapevo che aspetto aveva la sconfitta. E il Capitano Brooks non aveva l'aspetto di qualcuno che era stato sconfitto. Era furioso e amareggiato, ma orgoglioso, pronto a dare una possibilità a questa vita.

Sottoporsi ai test del programma spose era il primo passo, e lui l'aveva fatto. Tutti i guerrieri sulla Colonia si sentivano allo stesso modo, angustiati da un corpo che non riconoscevano, ma non era da soli. Tutti quanti qui erano passati per quelle stesse cose. Ma erano sopravvissuti e si stavano costruendo una nuova vita, un nuovo pianeta.

Forse il capitano faceva uso del Kell. Forse lo usava per calmarsi. Era ovvio che soffriva di stress post-traumatico, come tutti gli altri, d'altronde. Ma questo non voleva dire che era morto per quello. Le strisce nere, il tempo che avevano impiegato a svilupparsi, non mi portavano a pensare che fosse un'overdose. Si trattava di qualcos'altro.

Ora non ero più una scienziata inetta con gli occhi incollati al microscopio.

Già visto, già fatto. La sciocca ingenua che aveva creduto che il CEO della compagnia avrebbe fatto la cosa giusta – e non quella più conveniente – era sparita. Avevo passato delle ore lunghissime in prigione familiarizzando col modus operandi dei cattivi, sulle loro tattiche di depistaggio.

Entrammo nei nostri alloggi e la porta si chiuse dietro di noi. Ryston afferrò un oggetto nero dall'aspetto strano, qualcosa di simile al telecomando di una TV, e lo scagliò attraverso la stanza.

L'oggetto andò a fracassarsi contro il muro e si ridusse in una pioggia di frammenti seghettati. La sua furia non era né controllata né calma. Lo aveva schiacciato come un grappolo d'uva sotto uno stivale gigante. La sua paura e la sua rabbia gli colavano fuori dalla mente come se qualcuno lo avesse spezzato in due.

La vista del braccio di Maxim mi perseguitò mentre mi avvicinavo all'unità S-Gen e salivo sulla piattaforma. "Uniforme medica."

Restai ferma in silenzio mentre la macchina faceva il proprio dovere, scansionando e rimuovendo il vestito che avevo indosso e rimpiazzandolo con qualcosa di gran lunga più comodo. Il vestito verde scuro era spesso e caldo, comodo e flessibile, come i camici sulla Terra. Degli stivali morbidi e caldi mi coprirono i piedi, degli stivali scamosciati e orlati di cotone. Comodi. Avrei potuto portarli per ore. Giorni. Tutto il tempo che ci sarebbe voluto a trovare delle risposte.

Mi allisciai l'uniforme con la mano e feci un respiro profondo. *Questa* era la mia armatura. Questa era una battaglia che conoscevo bene, una che potevo vincere. Il Capitano Brooks si meritava la giustizia, ma non era quello a guidarmi ora. Sarei andata in quella stazione medica e avrei capito cosa diamine stava succedendo. *Non* avrei perso il mio compagno. Mi rifiutavo.

"Maxim." Il suo nome fu poco più di un sussurro, ma lui mi sentì. Si avvicinò e mi strinse a sé, mentre Ryston, dietro di noi, faceva avanti e indietro come un selvaggio.

Maxim era arrabbiato quanto Ryston, ma riusciva a controllarsi. Se non lo avessi conosciuto per bene, avrei pensato che era perché lui era il governatore e ciò richiedeva un po' dì... diplomazia. Ma dopo aver speso tra giorni con lui, sapevo che la calma era nella sua natura. Ma non per questo lui si sentiva meno coinvolto. La furia di Ryston esplodeva fuori di lui in una tempesta di disperazione. La furia di Maxim se ne restava imbottigliata, contenuta, un abisso di furia gelata che lo mangiava vivo. Ma il suo respiro e il suo battito cardiaco erano normali. Le sue mani non tremavano. Se non fosse stato per il collare, non mi sarei mai accorta che era turbato.

"Quel dottore è uno stronzo," disse Ryston.

Si girò e mi si fece in contro, le sue sensazioni mi colpirono come delle onde che si infrangevano sulla spiaggia. Volevo indietreggiare, ma non lo feci. Anzi, mi girai verso di lui. L'aggressione che sentivo attraverso il collare non era rivolta a me, e lui era alla ricerca di qualcosa che solo io potevo dargli.

Un abbraccio. Mi abbracciò e mi strinse a sé. I miei piedi si staccarono dal pavimento e lui mi affondò la faccia del collo, respirando con forza.

Gli poggiai la testa sul petto e riuscii a sentire il battito del suo cuore, il calore che ne fuoriusciva e che lentamente penetrava dentro di me.

"Mi dispiace, compagna. Non avrei dovuto perdere le staffe."

Scossi il capo. "No. Anche io voglio distruggere qualcosa."

Le soffici parole di Maxim mi fecero rabbrividire. "Tu credi che ci sia qualcosa di sospetto. Che ci abbiano avvelenati? Che si stiano dando la caccia?"

"Non lo so," dissi. Era la verità. "Sono una scienziata, e non ho nessuna prova per dimostrarlo, almeno non ancora. Se il dottore ha ragione, allora Brooks è morto a causa del Kell." Mi avvicinai a lui e gli tirai su la manica. Avevo bisogno di vedere di nuovo il suo braccio, guardare la ragnatela di morte che gli attraversava la pelle. "Ma tu hai preso del Kell?"

"No. Mai."

"Fammi vedere."

Maxim ubbidì togliendosi la maglia. Preoccupata com'ero, non potevo ignorare la bellezza del suo petto e delle sue spalle muscolose, la scura levigatezza della sua pelle. Sollevai il dito indice e lo passai su una linea nera che gli andava dal bicipite alla spalla. Negli ultimi minuti, si era allungata di almeno quattro centimetri.

"Figlio di puttana." Lo spinsi e lui ubbidì girandosi, così da permettermi di ispezionare i segni che aveva sulla schiena. "Si muove velocemente. Non abbiamo molto tempo."

Maxim si voltò e mi strinse la mano. Lo guardai, e nel suo sguardo vi scorsi l'universo intero. Lui credeva in me. Stava mettendo la propria vita nelle mie mani. "Rachel, tu sei una scienziata rispettata sul tuo pianeta. Devi trovare le risposte che stiamo cercando."

"Non sono sicura che il dottor Surnen collaborerà."

Sentii un'ondata di rabbia provenire da Ryston. "Fanculo il dottore."

Mi voltai verso di lui. "E tu? Hai delle roba inquietante che ti spande sulla carne? Basta sorprese." Mi girai accigliata verso Maxim. "O segreti."

Ryston si voltò verso di me. "Non lo so, compagna. Dimmelo tu."

Mi sporsi in avanti e lo spostai sotto la luce. Con un sospiro di sollievo, gli feci girare la testa e lo attrassi a me per baciarlo. "No. Grazie a Dio."

Sapere che Maxim era in pericolo era terribile. Ma se lo fossero stati entrambi, non ero sicura che sarei riuscita a farcela.

Passai la mano in mezzo ai capelli perfetti di Ryston e lo spinsi via. "Scoprirò cosa sta succedendo."

"Sono sicuro che ci riuscirai."

"Potresti morire," dissi con quello che era poco più di un sussurro strozzato.

"Se muoio, devi giurarmi che continuerai a lavorare, compagna. Altri hanno bisogno del tuo aiuto."

Scossi il capo, ma lui mi afferrò il viso con le sue grandi mani e me lo sollevò per guardarmi negli occhi. "Promettimelo. A prescindere da quello che succede a me, tu non ti arrenderai. Continuerai a lottare, per Ryston, e per gli altri."

Non potevo dirgli di no. "Te lo prometto."

Mi baciò, un bacio veloce, duro, e troppo breve. "Non abbiamo molto tempo. Abbiamo bisogno di risposte. Il Capitano Brooks era un brav'uomo. Un umano. Tu conosci quella specie meglio del Dottor Surnen. Devi capire cosa sta succedendo ai miei guerrieri." Mi guardò. "E cosa sta succedendo a me."

11

Lavorare in una stazione medica mi faceva sentire come un campione di sci nautico a cui era stato dato uno snowboard ed era stato spinto giù lungo il fianco di una montagna. Certo, in teoria, sciare era sempre sciare. Equilibrio. Spostare il peso. Danzare con la gravità mentre sfrecci sulla superficie, quale che sia. Ma questo laboratorio era diverso da qualunque altro avessi mai visto in vita mia.

Un ufficiale medico di nome Krael mi si era piazzato di fianco non appena avevo messo piede nel laboratorio. Il dottore mi aveva ignorato, il che era un bene. Ma non mi piacevano i loro strumenti. Non mi fidavo di quello che non potevo vedere o misurare da me. C'era troppo spazio per gli errori nei loro gadget. Chi li aveva programmati? Come facevo a sapere che chiunque li avessi programmati sapesse quello che stava facendo? Ed erano progettati per essere usati su un essere umano? Oppure riconoscevano solo la fisiologia aliena?

Mi accigliai e guardai lo schermo che avevo di fronte a me, pieno zeppo di analisi dei segni vitali e del sangue eseguite dalla bacchetta magica del dottore. "Non ha senso. Ho bisogno di un'analisi biochimica dei tessuti infetti. Non questo." Mossi la mano a mezz'aria. "Non funziona."

Krael si sporse in avanti. "Questa è l'analisi chimica completa, Lady Rone. Non capisco."

"Non voglio sapere tutt'insieme cos'aveva dentro di sé, voglio sapere solo cosa c'era nei tessuti intorno agli innesti. In modo specifico, il tessuto nero. E gli impianti stessi."

Krael scosse il capo. "Perché? Il Kell agisce sulla mente."

Volevo strozzarlo. Dovevamo eseguire una biopsia cutanea e mi serviva un cazzo di microscopio. "Senti. Non importa di sapere cos'aveva nella testa. Ho letto i rapporti. I livelli di macrofagi nel tessuto che circondano gli impianti dello Sciame sono troppo alti. È come se gli avessero appena innestato gli impianti e il suo corpo stesse reagendo con un'infiammazione colossale. Devo sapere cosa c'è lì. Mi serve un microscopio. Ho bisogno di un emocromo, ci penso io."

"Non so come accontentarti, mia lady."

Il Dottor Surnen ci venne incontro, gli occhi incollati su un tablet. Non si era comportato in modo amichevole, ma non mi si era nemmeno messo in mezzo ai piedi. "Il sistema immunitario degli umani è primitivo, Krael. Primitivo e altamente aggressivo. Un corpo umano si distruggerà nel tentativo di contrastare una malattia." Mi guardò e sollevò le sopracciglia. "O per attaccare un corpo esterno."

Krael inclinò la testa. "Come gli impianti dello Sciame."

"Sì." Volevo saltare di gioia. Ero stata a discutere con

questo tizio per oltre un'ora. "Ho bisogno di analizzare la conformazione superficiale delle proteine assorbite. Penso che il suo corpo stesse lottando contro gli impianti dello Sciame. Ma c'era troppa attività. È come se gli impianti fossero nuovi. L'infiammazione indicherebbe una reazione a cascata preliminare, invece di una cronica. Per favore, potete far apparire un normalissimo microscopio? Dei vetrini? Mi occuperò io dell'emocromo e dei campioni di tessuto."

Il dottor Surnen indicò l'unità S-Gen con un cenno del capo. "Prova a chiederne uno. Forse il sistema ha il tuo microscopio nel database."

Annuii e mi avvicinai alla S-Gen. Misi la mano sull'attivatore, così come mi avevano insegnato. Ci trovavamo in una sala grande, lontani dalle altre stanze. Mi sembrava che questa stanza fosse stata costruita per il triage, o delle emergenze su larga scala. Quattro lettini erano disposti in giro per la stanza, come delle statue, e speravo di aver il tempo di capire come funzionavano le bacchette appese qui e là e tutti i gadget sparsi in giro. Ora, volevo solo un cazzo di microscopio. Ne avevo bisogno per *vedere* gli impianti dello Sciame. Krael mi aveva detto che la tecnologia dello Sciame era un tipo di tessuto vivo e biosintetico, che si *fondeva* con le cellule dell'ospite. Avevo bisogno di sapere che aspetto avessero.

Forse c'erano due cellule che non andavano d'accordo. In base al numero di cellule bianche che avevo visto nel sangue del Capitano Brooks, il suo corpo stava guerreggiando con *qualcosa*. E quel qualcosa stava attaccando anche il mio compagno, si stava mangiando la sua carne, voleva ucciderlo, proprio come aveva ucciso Brooks.

Doveva passare sul mio cadavere, prima.

"Microscopio a LED, configurato per la citologia,

ingrandimento 3500 volte." Non ci speravo granché, ma cominciai a saltare sul posto quando il piccolo strumento si materializzò dentro la S-Gen. Krael mi aveva spiegato che era un adattamento della loro attuale tecnologia di trasporto. S-Gen stava per Generatore Spontaneo di Materia, e qualunque cosa fosse stata programmata nel sistema poteva essere recuperata grazie a un semplice comando vocale, dal cibo ai vesti, fino agli... strumenti da laboratorio.

Ora avevo il mio microscopio. Con tanto di spina della corrente. Poi chiesi i vetrini e tutto il resto. Presi la spina e mi voltai verso il dottore: "Dove la infilo?"

12

L'uniforme medica di colore verde che indossavo era comoda e larga, ma quella era una magra consolazione mentre camminavo per tornare negli alloggi dei miei compagni. Mi faceva male la mente, sfinita dopo ore di analisi chimiche, vetrini ed emocromi.

Ma, più di tutto, mi sentivo come se mi avessero presa a bastonate. Il Dottor Surnen era uno stronzo di prima categoria. E su quello non ci pioveva. Ma era brillante. Mi aveva dato esattamente quello che gli avevo chiesto e mi aveva lasciato lavorare. Ogni volta che mi avvicinavo al corpo del Capitano Brooks, ogni volta che prelevavo un campione, ogni nota che scrivevo nel quaderno che avevo generato con la S-Gen, lui mi scrutava come un'aquila.

Sì, potevo lavorare al computer per ore, ma c'era qualcosa nel mettere le cose per iscritto, nel poggiare la penna sulla carta che spesso mi aiutava a scorgere degli schemi che non avevo notato. Il mio sistema funzionava, e mi stringevo il quaderno al petto, custodendolo come il prezioso oggetto che era. Le risposte erano lì. Lo sapevo. Mi si contorcevano le budella, aspettando che ci capissi qualcosa. C'era qualcosa lì, qualcosa che non avevo notato, una connessione. Uno schema. Una risposta.

Tutta quella situazione aveva mandato in tilt i miei campanelli d'allarme, che non facevano che gridare: *"C'è qualcosa che non va!"*. Mi mancava un qualche elemento, il pezzo vitale del puzzle. E il pessimo atteggiamento del dottore di certo non mi aiutava a rilassarmi e a pensare. Avevo bisogno di tempo e spazio per assorbire le idee. Avevo bisogno di allontanarmi da quell'obitorio improvvisato e da quel sovraccarico di testosterone. Tra il cipiglio del dottore e l'asfissiante onnipresenza di Krael, mi avevano fatta quasi uscire di testa.

Non riuscivo a decidere se il dottore si comportava da stronzo perché ero una donna, un'estranea, o perché mi vedeva come una minaccia, perché aveva qualcosa da nascondere.

In base alle mie passate esperienze nella comunità scientifica e, di fatto, con le multinazionali americane, le probabilità che fosse uno deficiente misogino erano alte.

Molto, molto alte.

Due enormi guerrieri camminarono dietro di me per riaccompagnarmi negli alloggi che condividevo con i miei compagni. Maxim era indaffarato ad amministrare la Base e aveva una riunione di emergenza con il Prime Nial, il leader del loro cavolo di pianeta. Quindi di certo non potevo mettermi a piagnucolare e a insistere che uno di loro restasse lì con me a guardarmi lavorare.

Li avrei ignorati in ogni caso. La mia mente era stata troppo occupata con le reazioni biochimiche e i test dei campioni di tessuto. Eppure mi pesava aver dovuto gestire da sola l'atteggiamento da stronzo del Dottor Surnen. E quindi avevo capito quanto dipendente fossi diventata dai miei compagni. Una settimana fa, avrei potuto evitare ogni colpo del dottore senza il minimo problema. Ero abituata a dover essere forte.

Ma ora avevo non uno ma ben due grossi guerrieri che mi guardavano le spalle, guerrieri che sapevo che avrebbe combattuto e che sarebbero morti – e che di sicuro avrebbero ucciso – per me.

Ero diventata dipendente da loro in un tempo sorprendentemente breve. Mi affidavo a loro, alla loro abilità nel prendersi cura di me.

Debole. Ora era debole. E così stanca di combattere per il mio spazio personale all'interno del laboratorio che non mi lamentai nemmeno quando una delle due guardie mi si mise davanti e poggiò la mano sullo scanner per avvertire i miei compagni che ero a casa.

La porta si aprì immediatamente. Ryston mi guardò e mi abbracciò. La porta poi si chiuse lasciando le guardie nel corridoio. Io mi sciolsi nel calore del mio compagno. Dietro di lui, udii la voce di una donna e quella di Maxim.

"Mi dispiace, no," disse lui.

"Maxim, sono tua madre. Vieni a casa. Porta Ryston e la tua nuova compagna per te. Voglio incontrare la mia nuova figlia."

"E allora dovrai venire sulla Colonia," rispose lui. "Non posso andarmene. Gli uomini hanno bisogno di noi."

La discussione proseguì, e per quanto provassi a concentrarmi sul battito di Ryston, non riuscivo a non essere curiosa. Gettai il quaderno sul pavimento. Dopo. L'avrei letto dopo. Ora, Maxim stava parlando con sua madre. Che quindi era mia suocera, giusto? Era qui? Oh,

Dio, avevo un aspetto terribile. Non potevo incontrarla in questo stato!

Sollevai la testa e sbirciai oltre la spalla di Ryston per vedere lo schermo appeso al muro sopra al sofà. A riempire lo schermo di quell'enorme TV c'era una femmina Prillon, chiaramente molto più anziana dei miei compagni.

Sospirai sollevata. Non era qui. Volevo conoscerla, ma non ora. Non se non ero al mio meglio. Dovevo truccarmi, o quantomeno darmi una lavata, prima di incontrare mia suocera.

Non era tanto scura quanto Maxim, ma nemmeno chiara come Ryston. Aveva i capelli dorati, come il rovere, e i suoi occhi erano come quelli di suoi figlio, di un marrone intenso. I suoi capelli, invece di essere venati di grigio, come quelle di un'anziana terrestre, erano venati da ciocche così scure da essere quasi nere.

Il suo viso, tuttavia, era molto simile a quello di suoi figlio. La somiglia era innegabile. Chissà che aspetto aveva suo padre.

"Non lascerò la colonia, Madre. E Ryston non è il benvenuto su Prillon prime. Se vuoi conoscere la tua nuova compagna, dovrai convincere mio padre a pagare per il trasporto."

"Lì non c'è niente per voi. E il Prime Nial ha rimosso la messa al bando dei cittadini della Colonia. Siete liberi. Liberi di tornare a casa."

Maxim si passò una mano sul collo, una chiara indicazione di frustrazione. Quella piccola indicazione esterna del suo turbamento la diceva lungo. Lo conoscevo da poco, ma a malapena aveva mostrato le sue emozioni, persino durante i confronti più accesi. Questa era sua madre e io sapevo che la famiglia a volte poteva essere problematica, più difficile da affrontare persino del peggiore dei nemici.

"Io sono il Governatore della Base 3. In quanto leader, è mio compito essere qui per i miei guerrieri. Non è un compito frivolo. Ryston è qui, e così anche Rachel. La mia vita è qui."

"Non ti sto dicendo che devi abbandonarli," disse lei. "Voglio solo vedere il mio nipotino."

"Dobbiamo ancora reclamare la nostra compagna.

Fece una faccia sorpresa. "Cosa? Perché?"

"Perché è una Sposa Interstellare. Ha trenta giorni."

La donna sbuffò, chiaramente insoddisfatta. "Le permetti di controllarti? Quel pianeta di selvaggi ti ha indebolito? Reclamala, che lo voglia o no. Voglio dei nipoti. E ti voglio a casa."

"Se vieni, fammelo sapere. Arrivederci, Madre."

Lo schermo si fece nero. Sentii le emozioni di entrambi i miei compagni attraverso il collare. La frustrazione era nera come la pece.

"È colpa mia?" chiesi. "Ti rendo infelice?"

Maxim si voltò e ci vide. Chiuse gli occhi per un istante e io sentii un misto di felicità e tristezza. Non erano in equilibrio. Era un miscuglio malato di emozioni che guerreggiavano dentro di lui.

"Ti ho reso un debole?"

Non volevo farlo. Per niente. I miei uomini erano forti e potenti, anche senza i loro ruoli su questo pianeta. Venire messi in ginocchio da una donna era castrante sulla Terra, e potevo immaginare che per loro fosse mille volte peggio.

"Rachel, non è assolutamente così," disse Maxim alzandosi e vedendoci incontro. Mi scostò i capelli dalla faccia e disse: "Hai dei cerchi neri attorno agli occhi."

Adesso non avevo bisogno che si preoccupasse di me. Sì, avevo bisogno di dormire, ma non per questo non potevamo parlare.

"È per quello che non vuoi scoparmi, perché non siamo ufficialmente dei compagni?" Guardai Ryston. Non volevo che fosse lui a rispondere, la mia prossima domanda era per Maxim. "Ti sminuiscono perché ancora non ti ho detto di reclamarmi? Pensa che ti tenga per le palle?"

Maxim si mise a ridere. Una cosa che succedeva di rado. "Compagna, è ovvio che tu mi tieni per le palle."

Dovette percepire il mio cambiamento di umore. Mi prese la mano e se la poggiò sul petto.

"Quando vedi me e Ryston, quali sono i tuoi primi pensieri?"

Aggrottai la fronte e risposi: "Grossi. Potenti. Autoritari."

Maxim annuì. "Sì, siamo tutte queste cose."

Ryston mi posò le sue mani calde sulle spalle.

"Ma se tu ci rinneghi? Se il tuo cuore non appartiene a noi, allora cosa saremo?" Mi mise un dito sulle labbra. "La risposta è niente. Senza di te, noi siamo niente. Lo so che hai trenta giorni, ma devi sapere che, anche se fuori dalla camera da letto siamo dei bruti e a letto ti dominiamo, sei tu quella che detiene veramente il potere."

Non capivo.

"Puoi avere la tua compagna e far felice tua madre," disse Ryston. "Portala a casa."

Maxim guardò il suo secondo. "Ma che cazzo dici?"

La rabbia che si era dissipata tornò a impennarsi ancora una volta.

"Hai una famiglia che ti ama, e che vuole che tu ritorni. Non hai bisogno di farti una nuova vita qui. Adesso hai la tua compagna. La tua vita è completa. Va a casa."

Maxim fece un passo indietro, quindi un altro. Tagliò l'aria con la mano. Questa era la prima volta che lo vedevo veramente agitato.

Guardai Ryston. "Cosa dici? Non vuoi essere il mio compagno? Il suo secondo?"

Ryston sollevò il mento. I suoi occhi pallidi in qualche modo sembravano più scuri, più intensi. "Se ciò renderà Maxim felice. L'unica cosa che abbiamo voluto fin da quando siamo stati esiliati qui sulla Colonia era di essere accettati, di ritornare a casa. Ora, grazie al Prime, possiamo farlo. Non c'è niente che trattenga Maxim qui, specie ora che ha te. È un guerriero decorato, un veterano, che ha ricevuto la benedizione di una compagna. Può ritornare su Prillon Prime. Maxim, va a *casa*."

"E tu?" gli chiesi.

"Io non sono così fortunato. Quando la mia famiglia ha visto che ero stato integrato dallo Sciame, mi hanno augurato ogni bene e mi hanno detto che non volevano vedermi mai più." Si portò le mani sul volto, là dove il metallo riluceva. "Sarò anche un veterano, ma non sono stimato. Nessuno sul mio pianeta natale sarà felice del mio ritorno. Lì non c'è niente per me. La mia vita è qui sulla Colonia."

Ryston era stato rifiutato a causa degli innesti dello Sciame? Non lo apprezzavano più perché la sua tempia era leggermente argentata e il suo occhio riluceva metallico sotto la luce giusta? I suoi familiari erano usciti di testa? "È ridicolo."

"Così funziona la guerra. Ci sono cose da cui non si fa ritorno."

"Non lo accetto." Il loro popolo sapeva cosa avevano fatto per proteggere il loro pianeta? Tutti i pianeti della Coalizione? Si era sacrificato ed era sopravvissuto e per questo l'avevano esiliato? "Tua madre?"

Scosse il capo, lo sguardo pieno di rassegnazione e accettazione. Il dolore che sentiva era vecchio, come una grossa cicatrice sul cuore.

"Se non ti vogliono, allora sono una manica di idioti egoisti," dissi, e sentii il desiderio di chiamare la madre di Ryston e farle sapere come la pensavo.

"La madre di Maxim sarà anche un po' sospettosa nei confronti della Colonia, ma è preoccupata per suo figlio." Ryston guardò Maxim. "Lei ti ama. Ti vuole a casa. Farà di tutto per farti tornare, dirà cose che ti faranno star male."

"Il tuo onore ti fa restare," disse Maxim. Ryston annuì. "Il mio onore mi impedisce di andare."

Vidi la comprensione attraversare il visto di Ryston. "Non rinuncerò a quello che abbiamo. Siete voi la mia famiglia ora." Maxim ci indicò. "Non rinuncerò a questo per mia madre. Dovrà farsene una ragione. È questo quello che voglio io. Noi tre. Qui, sulla Colonia."

"Ma –"

"Dopo aver reclamato Rachel, allora potremo tornare su Prillon, ma solo per una breve visita. E anche tu verrai, Ryston. Io non rischierò la vita di Rachel viaggiando senza il mio secondo. Se i miei genitori vogliono far parte delle nostre vite, se vogliono vedere i loro nipoti crescere, allora dovranno venire qui, sulla Colonia."

Arrossii intensamente all'idea di fare dei figli con loro, ma mi ricordai che erano così che facevano i Prillon. Non era come se Maxim mi considerasse una macchina sforna bambini. Tutte le compagne Prillon dovevano concepire velocemente dopo l'accoppiamento. Il legame era troppo forte per accontentarsi di qualcosa di meno di sesso-ventiquattr'ore-al-giorno. E se volevo il cazzo di Ryston nella fica, allora doveva dare una bella smossa alle mie ovaie.

Mi immaginai il ragazzino con lo stesso cipiglio e gli occhi caldi di Maxim, una bambina con i capelli dorati di Ryston e il suo stesso temperamento. Era come un sogno, qualcosa di troppo bello per essere vero. Ma lo sapevo: se restavo con loro, avrei partorito i loro figli. E presto. Saremmo diventati una famiglia, in tutto e per tutto. Ed ero scioccata da quanto ardentemente desiderassi quel futuro.

Maxim era fortemente opposto all'idea di andare su Prillon Prime senza Ryston. Ryston era irremovibile: Maxim doveva riconnettersi con la propria famiglia. Erano entrambi onorevoli. Pieni di spirito di sacrificio.

"Voi avete rinunciato a così tanto per me," ammisi con voce flebile.

Ryston si mise di fianco a Maxim. Si guardarono e poi annuirono. La loro piccola discussione era già finita, con un semplice cenno del capo? *Uomini.*

"Forse siamo in disaccordo su alcune cose," disse Ryston. "Ma non saremo mai in disaccordo con te."

"Esatto," proseguì Maxim. "L'abbiamo capito il primo momento in cui ti abbiamo vista. Tu sei nostra. Sei tu che ci unisci. E quando ci permetterai di reclamarti, connetterai anche i nostri corpi."

Il mio corpo si scaldò e sentii l'eccitazione che mi inondava il corpo come caramello fuso che mi colava attraverso le vene.

"Vuoi dire che tu mi scoperai la fica, e Ryston il culo."

"Allo stesso tempo, sì," aggiunse Ryston.

"La rivendicazione sarà completa quando verremo dentro di te, quando ti riempiremo con il nostro seme. Il tuo collare diventerà di un altro colore, non sarà più nero. Sarai nostra. Per sempre."

Mi scaldai alle sue parole. Non perché fossero eccitanti – e lo erano – ma perché riempirono un vuoto che avevo nel cuore, una mancanza che non sapevo nemmeno fosse lì.

"E se lo volessi ora?" chiesi mordendomi il labbro.

Maxim si impettì. "Vuoi dire che accetti la mia rivendicazione?"

Era così? Volevo rifiutarli e farmi abbinare a un'altra coppia di compagni? L'idea di due estranei mi faceva sentire come vuota. Ma renderlo permanente, permanente in tutto e per tutto, mi spaventava.

Capitolo Tredici

RACHEL

"Io.... io vi voglio. Tutti e due. Voglio tutto. Ma oggi? Adesso?" Scossi i capo. Stavano accadendo troppe cose tutte insieme. Non potevo pensare al "e vissero per sempre felici e contenti" dopo che un uomo che avevo appena conosciuto, un mano, un nuovo amico mi era letteralmente morto tra le braccia. Mentre la malattia nera si stava espandendo sul corpo di Maxim e io non avevo idea di come fermarla. Mentre il dottore mi guardava come se fossi io il nemico. Quando i risultati del laboratorio erano errati.

Il mio cervello macinava dati come un computer. Riuscivo a sentirlo mentre cercava di far combaciare i pezzi. Era questo quello che facevo. Assorbivo i dati, guardavo i fatti, e poi lasciavo che sobbollissero nella mia mente fino a quando il cervello non mi faceva male, fino a quando il puzzle non mi consumava. E lo risolvevo.

Ryston passò un dito sul collare che indossavo. "Adesso ci sono troppe complicazioni. Troppo caos."

Aprii la bocca per protestare, per assicurargli che lo *volevo*, che avevo *bisogno* di lui, ma avrei dovuto aspettarmelo. Il collare ci connetteva. Sentivo la sua empatia per me tanto chiaramente quanto lui doveva sentire la mia ansia di rimettermi al lavoro. C'era qualcosa che non andava, e questo mi faceva venire voglia ora di piangere ora di strapparmi i capelli. Ma ora ero troppo stanca.

La mia mente, però, non aveva la minima intenzione di lasciarmi riposare, e questo era frustrante. Sulla Terra, mi capitava spesso di ingannare la mia mente con qualche sonnifero. Qui non avevo nulla. Non sarei stata in grado di riposare. Lo sapevo, e mi stava venendo voglia di raggomitolarmi sul pavimento per piagnucolare.

Avevo bisogno di una pausa. Dio, se avevo bisogno di una pausa. Dopo dieci ore di fila passate a prelevare campioni, a imparare a usare la loro stupida attrezzatura, a discutere col dottore e a progettare i miei test, ero sull'orlo del collasso. Ma la mia mente? Funzionava a pieno regime. I pensieri mi balenavano nella mente per poi sparire come fuochi d'artificio nel cielo notturno.

Ryston mi accarezzò la guancia e io mi sciolsi nel suo tocco. Ne avevo bisogno. Avevo bisogno di sentirmi al sicuro, circondata dai miei compagni. In vita mia non mi ero mai sentita così al sicuro, così protetta.

"Ci prenderemo noi cura di te, Rachel. Hai fatto tutto quello che potevi. Il Capitano Brooks, i test, il mistero: siamo tutti preoccupati." Ryston mi passò il pollice sul labbro inferiore e io sospirai. Maxim mi si fece vicino.

"C'è tempo. E non ti costringeremo a scegliere prima che tu sia pronta." Si mise dietro di me e mi mise la mano sulla schiena. La sua mano era rovente. In piedi in mezzo a loro, lasciai che lo stress della giornata si sciogliesse. Sentii la sua voce profonda che mi sussurrava nell'orecchio: "Scopriremo cosa sta succedendo. E, quando sarai pronta, riparleremo della cerimonia di proclamazione."

Mi capivano. Dio, capivano sempre quello di cui avevo

bisogno. Erano troppo onorevoli? Stavano sacrificando quello che avevano desiderato da tutta la vita – una compagna reclamata – perché io ero troppo debole? Mi stavo comportando da egoista?

"Questo non vuol dire che... voglio dire, io vi voglio ancora," ammisi.

Maxim guardò Ryston. Passò qualcosa tra di loro. Non conoscevo le parole, ma sentii un accesso di dominio provenire attraverso il collare.

"E noi vogliamo te. Ricordati, Rachel, per reclamarti dobbiamo scoparti allo stesso tempo, dobbiamo riempirti entrambi con il nostro seme. Non sei ancora pronta per quello."

"Forse sì," risposi.

Maxim mi fece girare il capo e mi sollevò il mento con un dito. "Sì, lo sento, sei pronta a dire di sì, e ciò mi fa piacere. E fa piacere anche a Ryston. Riusciamo a sentire il tuo desiderio. Ma il tuo corpo non è pronto. Ryston ha speso del tempo per prepararti il culo, per allargarlo, ma non basta. Per ora ci prenderemo cura di te. La tua mente è in preda a una bufera. Riesco a sentire la tensione nel tuo corpo, il modo in cui i tuoi occhi schizzano da un lato all'altro. Devi rilassarti, Rachel." Abbassò il capo e mi piazzò il più leggero dei baci sulle labbra. Ryston mi mise le mani sui fianchi. "Per ora, ci limiteremo a sgombrarti la mente."

Il solo pensiero bastò a farmi inturgidire i capezzoli. "Come?" dovevo saperlo. Volevo sentirglielo dire.

Maxim mi sorrise in modo malizioso. "Cavalcherai il mio cazzo mentre Ryston ti mette un dildo nel culo."

L'idea mi eccitava. L'ultima volta era stato così bello... ero venuta in un modo incredibilmente intenso. Non avevo idea che mi piacessero questo tipo di cose, e all'inizio mi ero sentita un po' imbarazzata. Ma nessuno di loro mi aveva una cattiva opinione di me solo perché mi erano piaciute. Anzi, l'opposto. Era così che facevano i guerrieri Prillon. Per essere reclamata, dovevo prenderli assieme. Doppia penetrazione. E grazie al test e all'abbinamento sapevo già che mi sarebbe piaciuto. No, anzi, che l'avrei amato.

E questo mi rassicurava, così come la dedizione di Ryston mi dava piacere. Oh, e poi sarebbe stata la volta del suo cazzo...

"Sì, vedo che ti piace l'idea."

"E tu?" chiesi guardando Ryston. "Anche tu devi venire."

"Sì, puoi aiutarmi tu a farlo," disse cominciando a spogliarsi. "Con la tua bocca. Oh, adoro quando me lo succhi. O con la tua mano? Così leggera e gentile. Ma non devi. Posso scoparti le tette, sennò. L'hai mai fatto?"

Quando finì di tentarmi con tutte quelle possibilità, era nudo, il cazzo eretto da cui gocciolava la pre-eiaculazione.

"Ora, siamo solo noi. Niente overdose, niente test, niente analisi, niente madri invadenti. Questa è la vita. Nel bene e nel male. Sappiamo che dobbiamo goderci del bene, finché possiamo." Le parole di Maxim mi colpirono con forza.

Aveva ragione. Persino in mezzo alla morte, la distruzione, la tristezza e la frustrazione causata dall'essere incastrata e falsamente accusata, la vita continuava. Dovevamo godere della felicità che riuscivamo a trovare.

Avevo acconsentito al trasporto solo per non morire in prigione. Ma ora, sulla Colonia, avevo accettato la mia nuova vita. Avevo accettato questi guerrieri: erano miei. La rivendicazione non sarebbe avvenuta oggi, ma loro erano miei così come io ero loro. Qualunque cosa accadesse, avremmo trovato conforto, gioia e piacere gl'uni negli altri.

Come adesso. Mi afferrai l'orlo della maglia e la sollevai.

Loro mi guardarono intensamente. Non era uno striptease sexy, ma riuscivo a percepire che erano comunque compiaciuti. Ryston si stava toccando e Maxim si spogliò, e ci ritrovammo tutti e tre nudi.

Maxim allungò una mano e mi portò verso una sedia imbottita. Lui si sedette e mi tirò a sé. Mi sedetti su di lui per cavalcarlo.

"Quella conversazione non è stata esattamente eccitante. Sei bagnata?" chiese. Scorsi la preoccupazione nel suo sguardo color cioccolato. Non mi avrebbero presa se non mi fossi concentrata su di loro.

Sorrisi timidamente e feci spallucce. "Forse dovresti scoprirlo da te?"

Maxim mi guardò negli occhi e mi infilò la mano in mezzo alle cosce, facendola passare con gentilezza sulla mia fica nuda. Una cosa che adoravo della Colonia era stare nuda. Sempre. Non ero sicura di come fosse possibile, ma nemmeno avevo mai pensato che venire trasportata come un personaggio di Star Trek fosse possibile. Ora che ero completamente depilata, ero così sensibile al loro tocco e alle loro lingue. Oppure erano loro e basta. Erano così bravi, molto più bravi di qualunque altro uomo avessi mai incontrato prima d'ora.

"Mmm, Ryston, è bagnata... ma non ancora abbastanza."

Ryston si mosse e io lo vidi tirare fuori un altro divaricatore dalla scatola. Questo volta ne scelse uno più grande, ma non grande quanto i loro cazzi.

Maxim grugnì. "Le è bastato vederlo per stringermi intorno al dito. E si è bagnata ancora di più." Mi guardò negli occhi. "Che cosa farai quando te le infilerà nel culo? Mi inzupperai la mano?"

Mi sporsi in avanti e strofinai il seno contro il suo petto

nudo. "Mentre mi penetri con il dito? Penso proprio che verrò."

Maxim sorrise. "Brava ragazza. Diamoci da fare, allora. E poi così potrò scoparti."

Non disse nient'altro. Cominciò a penetrarmi con un dito in modi meravigliosi. Oltre a scoparmi benissimo con le dita, facendo dentro e fuori con il dito e imitando quello che – speravo – presto avrebbe fatto il suo cazzo, aveva un talento particolare per trovare il mio punto G e premerlo in modo da farmi strillare. Era come un pulsante magico.

E quando sentii una delle dita di Ryston premermi contro il sedere, gemetti. I suoi che mi tiravano fuori erano rumorosi, niente che potessi trattenere. Dio, stavo gridando, e non stavo nemmeno venendo.

"Ecco," disse Ryston. "Lasciami entrare. Giusto un dito, un dito bello unto. Sì, brava ragazza. Più a fondo, ora."

Chiusi gli occhi e sentii i capezzoli che mi si inturgidivano.

"Come si sente a essere scopati in entrambi i buchi?" chiese Maxim.

Non potevo rispondere, era così bello.

"Immagina come ti sentirai quando saranno i nostri cazzi."

Oh, Dio, mi avrebbe ridotta un relitto.

"Due dita, compagna," disse Ryston. Entrambi gli uomini ritrassero le dita per un secondo e poi aggiunsero un secondo dito. Era molto, molto di più.

Misi le mani sulle spalle di Maxim, gli affondai le unghie nella carne, aggrappandomi a lui come se ne andasse della mia stessa vita.

"Sì!" gridai. "Ancora!"

Maxim continuò a giocare con me, e Ryston tirò fuori le dita e poggiò la punta fredda e smussata del divaricatore sulla mia entrata posteriore. L'aveva cosparsa abbondantemente con il lubrificante, e non appena fece un po' di pressione, il divaricatore mi penetrò con facilità.

Non riuscii a trattenere il gemito che mi scappò dalla gola. Dio, era grosso. Ed era entrato in profondità. Contrassi i muscoli attorno al divaricatore e attorno alle dita di Maxim.

"Sei pronta a venire, compagna?" mi chiese Maxim.

Annuii facendomi cadere i capelli sul viso.

Bastò che il suo pollice mi sfiorasse la clitoride. Era dura e gonfia, ansiosa di venire toccata. Una volta, due sulla parte sinistra – chi poteva sapere che quello era il punto perfetto? – e venni.

Il mio corpo fu attraversato da una scossa di piacere, si contrasse strizzando le dita di Maxim e il divaricatore. Mi bagnai ancora di più.

Il corpo cominciò a formicolarmi. I miei muscoli si rilassarono. E il cervello mi si svuotò. Riuscivo a sentire solo l'orgasmo e il desiderio dei miei compagni.

"Ancora," li implorai non appena fui in grado di riprendere fiato.

Con cautela, Maxim tirò fuori le dita e mi sollevò abbastanza da farmi girare. Mi mise le mani sui fianchi e mi fece sedere sopra di lui per farsi cavalcare.

"Ora posso scoparti, e tu puoi far venire Ryston," disse Maxim mentre mi massaggiava la schiena. Le sue dita, rivestite dei miei umori, mi lasciarono uno sbaffo bagnato lungo la schiena.

Ryston si mise davanti a me, si pulì le mani con un pezzo di stoffa e lo gettò sul pavimento. Mi afferrò un seno e passò il dito sopra il capezzolo. Con l'altra mano si afferrò la base del cazzo.

"Voglio scoparti la bocca, mentre Maxim ti scopa la fica."

Non potei far altro che annuire e leccarmi le labbra. Sì, lo volevo. Volevo dar loro piacere. Non avevo nessun problema a essere scopata da Ryston, a farmi scopare la fica, ma le regole dei Prillon non lo permettevano. Non ancora. Riuscivo a sentire che lui moriva dalla voglia di farlo, ma sembrava che l'idea di venirmi in bocca non gli desse fastidio. Sembrava che a tutti gli uomini, che venissero dalla Terra o da un qualche pianeta sperduto nello spazio, piacesse farsi succhiare il cazzo.

"Sì," dissi.

Con la mia approvazione, fece un passo in avanti e aspettò che Maxim mi sollevasse, sistemasse il suo cazzo contro la mia fica, e mi riabbassasse. Lo fece in modo lento e controllato, il suo cazzo era grosso, e così anche il divaricatore... qualcosa che non avevo mai provato prima.

Quando mi ritrovai seduta su Maxim, mi contorsi. Mi spinsi in avanti, verso il cazzo di Ryston. Muovendomi, presi il cazzo di Maxim in tutta la sua lunghezza. Sussultai. Ero così piena.

Ryston mi mise il cazzo davanti alla bocca e io leccai la goccia perlacea dalla punta. Aveva un sapore salato. Lo leccai come fosse un cono gelato fino a quando lui non mi affondò le dita nei capelli e mi tirò verso di sé. Me lo voleva mettere in bocca, e io non gli avrei detto di no.

Solo quando la mia bocca si avvolse attorno al cazzo di Ryston e cominciai a fare avanti e indietro allora Maxim cominciò a scoparmi. Quando mi sollevava, mi avvicinavo a Maxim, per poi allontanarmi quando mi faceva abbassare. I movimenti delle sue mani mi facevano scopare il cazzo di Ryston con la bocca. Era così grosso, così duro. Non dovevo muovermi, non dovevo fare niente. Dovevo solo lasciare che mi prendessero.

Non c'era bisogno di pensare. Solo godere, ed era una cosa incredibile. Percepii il piacere disperato di Ryston. Maxim era orgoglioso di me che soddisfacevo il suo secondo, e che prendevo lui così bene, specie con il divaricatore nel culo.

Solo ora comprendevo quello che avevo detto prima. Ero io a detenere il potere. Anche se Maxim mi muoveva come più gli piaceva e Ryston controllava i miei respiri spingendosi sempre più a fondo nella mia gola, potevo sempre dire di no. Potevo dir loro di fermarsi. Potevo dir loro che volevo degli altri compagni. La nostra relazione, il nostro abbinamento, si poggiava interamente su di me. La decisione finale spettava a me.

Li tenevo entrambi per le palle, e non li avrei lasciati andare.

Era inebriante sapere che avevo un tale potere su questi due uomini così virili e dominanti. Mi rendevano più forte. Potevo gestire degli stronzi arroganti come il Dottor Surnen. Potevo gestire tutto il male che stava ferendo le persone sulla Colonia. Con Maxim e Ryston, potevo sopportare qualunque cosa.

E così potevano fare loro.

Mi abbandonai completamente a loro. Non trattenni nulla. Aprii il mio corpo, la mente e il cuore. Completamente. Le nostre emozioni e i nostri desideri turbinarono intorno a noi, e non ci volle molto prima che venissi una seconda volta. Non potevo trattenermi, nemmeno se loro me lo avessero ordinato. Percepivo il loro bisogno, era enorme. Eppure aveva deciso di aspettarmi.

Munsi il cazzo di Maxim con una spietatezza tale che lo

costrinsi ad aggrapparsi ai miei fianchi, a tirarmi giù e a penetrarmi fino in fondo.

Il cazzo di Ryston soffocò il mio grido. Maxim gemette di piacere e io sentii il suo seme caldo che pulsava dentro di me. Il mio piacere scatenò quello di Maxim, che distrusse Ryston. Mi tirò i capelli e mi spinse contro il suo cazzo e, stringendomi con forza, venne inondandomi la bocca.

Era troppo. Loro erano troppo. Eravamo *perfetti*. Non c'era dubbio che una volta risolti i problemi della base loro mi avrebbero reclamata. E io glielo avrei lasciato fare. Perché anche se non avevamo officiato la cerimonia ufficiale – con tutto quello che comportava – io ero già loro.

13

Maxim

La mia compagna dormiva in mezzo a noi. Era distesa su un fianco, e io avvolgevo il suo corpo come una coperta protettiva. Il suo petto era premuto contro il fianco di Ryston, le loro gambe erano intrecciate, e la sua mano riposava sul petto di lui, carezzandolo anche mentre dormiva.

Io non riuscivo a dormire. Il dolore, insistente e sempre più forte, mi scendeva lungo tutta la spalla fino ad arrivare alla punta delle dita. Il dolore si era sparso fino ad arrivarmi alla schiena e la base del cranio. Era come un centinaio di minuscoli insetti che mi divoravano da dentro.

Rachel era esausta, eppure, anche mentre dormiva, riuscivo a sentire la sua mente che lavorava. La sua energia era un costante mormorio.

Non volendo disturbare la mia famiglia, scivolai fuori dal letto con cautela e mi alzai. Volevo vestirmi e andare a cercare il Dottor Surnen. Forse lui avrebbe avuto delle risposte. Sapevo che Rachel si sarebbe arrabbiata, ma tanto io quanto Ryston avevamo percepito la sua stanchezza. Qualche ora di riposo non poteva che farle bene. Io avrei aspettato, perché dubitavo che lei avrebbe potuto fare qualcosa per alleviare il mio dolore, non ora.

Ero quasi arrivato alla porta quando lei si mise a sedere con uno scatto. "Si muovevano."

Mi girai, mi avvicinai al letto e mi sedetti sul bordo. "Shh, amore mio. Torna a dormire."

Aveva gli occhi spalancati, e i suoi capelli scuri erano una matassa di tentazioni che le riposava sulle spalle. Dèi, era troppo bella per essere vera, per essere mia.

"Si stavano muovendo. Cambiavano di posizione. Non dovrebbero muoversi, no?"

Ryston grugnì e rotolò sul letto, le avvolse un braccio attorno alla vita. "Rachel. Dormi. Sei troppo stanca. La tua stanchezza mi batte nella testa come un tamburo."

Rachel gli mise le mani attorno all'avambraccio e si mise a fissare il vuoto. Non ero sicuro se fosse sveglia, se stesse dormendo, se stesse sognando, o se la fatica l'avesse fatta uscire di testa. "Rachel?"

Senza guardarmi, scostò via la mano di Ryston e strisciò verso il bordo del letto. "Non dovrebbero muoversi. Che cosa stavano facendo? Quanto erano vecchi questi impianti? Ha detto che erano stati neutralizzati. Ma stavano facendo qualcosa. Era sulla destra. Poi, quando ho guardato di nuovo, era sulla sinistra. Perché si stavano muovendo? E come si stavano muovendo?"

"Rachel?" Ryston si mise a sedere, ed entrambi la guardammo mentre si infilava l'uniforme medica e gli stivali senza smettere di blaterare.

"Ho bisogno di un campione." Gli occhi di Rachel finalmente si focalizzarono su di noi, balzando da Ryston a me, e poi di nuovo su Ryston. "Vestitevi. Dovete venire entrambi con me al laboratorio. Adesso."

"Perché?" Mi misi i pantaloni, mentre Ryston rotolava giù dal letto con un gemito. Se mi aspettavo di ottenere una risposta, l'unica cosa che avrei ottenuto sarebbe stata una delusione, perché Rachel era già bella che andata. Si legò i capelli alla bell'e meglio, preso i suoi utensili per la scrittura dal libro vicino alla porta e se li infilò nella matassa dei capelli per tenerli fermi. "Maxim è infetto. Ryston non lo è. Il Kell nel corpo di Brooks non era normale. Non era normale. E non si trattava di mercato nero. La composizione chimica era leggermente sbagliata. Lo stanno facendo loro. Sono vivi, e lo stanno facendo."

Si mise a camminare di fronte alla porta, tutte le emozioni ormai tenute a bada. Là dove le emozioni della mia amorevole compagna di norma mi investivano come una coperta calda e confortevole o con una lussuria calda e furente, ora non riuscivo a sentire nient'altro che soddisfazione. Completezza. Curiosità. Paura. "Rachel?"

Mi alzai e Ryston si unì a me. Sentendo il suo nome, Rachel alzò gli occhi, ci guardò per un istante e poi si voltò annuendo. "Bene. Bene. Andiamo. Dobbiamo andare. Ho bisogno dei campioni."

Guardai Ryston e lui fece spallucce. Seguimmo la nostra compagna borbottante lungo la via che conduceva alla stazione medica, come due cagnolini che vengono portati a spasso. Non che mi dispiacesse. Avevo visto la Rachel in preda alla furia sessuale. Avevo visto la sua gentilezza, e la sua fiducia. L'avevo vista arrabbiata e sprezzante. Ma questo suo nuovo lato era altrettanto affascinante.

"Che cosa sta facendo?" Ryston camminava di fianco a me. Sorrisi. Non potei farne a meno.

"Fa' Rachel."

La porta della stazione medica si aprì e lei ci guidò verso l'oscura e abbandonata area di ricerca. Era stata costruita per il triage di emergenza e per gestire con eguale efficienza le ferite riportate sul campo di battaglia o gli incidenti in miniera. L'intera stazione era stata modellata in base alle aree mediche a bordo delle corazzate Prillon. Grazie agli dèi, non avevamo mai utilizzarla.

L'area era scura. Solo un stazione era illuminata, lì dove sedeva il Dottor Surnen, gli occhi incollati su uno strano marchingegno che non avevo mai visto prima d'ora. Ci sentì arrivare a sollevò lo sguardo. "Governatore."

"Dottore."

Non avevo bisogno di chiedergli cosa stesse facendo. Né commentai l'ovvia fatica che gli appesantiva il volto, né le sue spalle ingobbite dalla stanchezza. Ma il suo sguardo era intensamente concentrato dal desiderio di risolvere un rompicapo. Riconobbi quello sguardo, era lo stesso che avevo visto negli occhi di Rachel.

Quando Rachel gli si fece vicino, mise le pagine scritte che stringeva in mano, una cosa che chiamava quaderno, sul tavolo vicino al dottore, che finalmente si girò verso di lei. "È un dispositivo affascinante."

Lei gli sorrise, un sorriso genuino, e io feci un passo in avanti prima di riuscire a tenere a bada il bastardo dentro di me che non voleva che quel sorriso venisse rivolto a nessun altro. "Vero, eh? Le vostre bacchette ReGen sono fantastiche, non fraintendetemi. Ma, a volte, devi vedere qualcosa, per capirla."

Il dottore sfilò un pezzettino di vetro dal dispositivo e lo sostituì con un altro che prese da un vassoio. Lo bloccò con delle piccole fibbie metalliche e abbassò gli occhi sulle lenti. "So che i nostri scienziati hanno studiato questa tecnologia fino alla nausea. Ho letto tutti i rapporti. Ho eseguito delle analisi io stesso, ma non le ho mai guardate così."

Rachel lasciò il dottore al suo dispositivo e si avvicinò a un piccolo carrello sistemato vicino a uno dei lettini. Ci fece cenno di andare da lei. "Sedetevi. Ho bisogno di prelevare un campione da tutti e due."

Ryston si sedette e io feci altrettanto. Era stupefacente, il modo in cui Rachel non guardava verso di noi, ma attraverso, come non fossimo suoi. Come se non fossimo reali. Come se non fossimo qui. La sua mente era lontana, lontana.

Io volevo abbracciarla e baciarla, ricordarle a chi apparteneva e riportarla al qui e all'ora, da noi. Ma sapevo che sarebbe stato un grave sbaglio. La sua mente stava lavorando su qualcosa di importante. Per tutti noi. Per quando volessi essere confortato dalla sua morbidezza, avevo bisogno che lei continuasse a lavorare. Che fosse forte. Abbastanza forte da salvarci tutti quanti.

Prese un piccolo bisturi dal carrello e fece abbassare la testa Ryston, ruotandola per poggiare il bisturi sulla parte contaminata della sua tempia. Con un taglio preciso e controllato, taglio uno sottilissimo strato di tessuto dalla carne di Ryston e lo mise su uno dei piccoli pezzettini di vetro prima di darlo al dottore.

"Dottore. Mi hai osservato prima? Sai come usare un vetrino?"

"Sì. Ti ho osservata."

"Lo sapevo." Posizionò il vetrino di fianco a lui e si voltò. "Bene. Scrivi una R con il pennarello, così non li mischiamo."

Affascinato, guardai il dottore fare esattamente quello

che le aveva detto mentre lei veniva verso di me con in mano un bisturi e un vetrino. "Tocca a te, Maxim. Voglio qualcosa di vicino all'innesto."

Mi sfilai la maglietta e la gettai sul tavolo di fianco a me. Ryston imprecò e Rachel si fermò. Sgranò gli occhi osservando in che stato ero. "Porca puttana."

"Non perdere la concentrazione, compagna. Fa' quello che devi fare." Tesi il braccio e restai completamente immobile mentre lei prelevava il campione. Una volta finito mi guardò. "Ne voglio un altro paio. Va bene?"

Sollevai il mento e le piazzai un soffice bacio sulle labbra. "Certo, compagna. Tutto quello che vuoi."

Arrossì in modo adorabile, ma subito annuì e si rimise al lavoro, consegnando i vetrini al dottore e dicendogli cosa doveva fare, cosa doveva scriverci sopra.

Si mise di fianco al dottore. "Puoi rimetterti la maglietta, baby."

Baby?

Quell'unica parola mi paralizzò, fino a quando Ryston non mi diede una gomitata e si mise a ridacchiare. "Baby, eh? Bastardo. Perché io non ce l'ho un nomignolo?"

Non mi presi il disturbo di rispondere. Guardammo il dottore che cedeva i vetrini e lo strano marchingegno alla nostra compagna. Lei li cambiò più e più volte, prendendo appunti nel suo libriccino mentre il dolore che provavo continuava a farsi sempre più intenso, fino a quando non esplosi.

Mi portai la mano alla testa e gemetti. Mi sentii cadere. Sentii le braccia di Ryston che mi afferravano per non farmi sbattere contro il pavimento. Sentii Rachel che gridava, e poi tutto si fece nero.

———

Rachel

La risposta era qui, su questi vetrini.

Le cellule dello Sciame nel corpo di Maxim erano state in qualche modo riattivate. Si stavano muovendo, moltiplicando e, senza ombra di dubbio, stavano causando un'enorme infiammazione. Se lo stesso processo era avvenuto nel corpo del Capitano Brook, allora gli innesti dello Sciame avevano cominciato a rilasciare il Kell anche nel suo sistema.

Guardando Maxim, ero certa che, se gli avessimo fatto le analisi del sangue, sarebbe apparso come un tossicodipendente.

Ma gli innesti di Ryston erano come il dottore aveva detto che dovevano essere, come dovevano essere quelli di tutti i guerrieri sulla Colonia. Eravamo lontani dalle frequenze dello Sciame. La Colonia si trovava ben dentro lo spazio controllato dalla Coalizione, la distanza stessa era una precauzione contro la riattivazione degli impianti.

"Maxim?" L'allarme di Ryston si infilò con violenza nei miei pensieri, come un coltello rovente nel burro, e io mi voltai per vedere il mio compagno che crollava a terra.

"Oh, Dio. No." No. No. No. Ci ero così vicina. Ci ero così vicina.

Ryston lo fece distendere sul pavimento, e io mi sporsi sopra di lui. "Maxim? Baby? Resisti, va bene? Ci sono io." Gli diedi un bacio sulla fronte e lo feci sistemare sulla schiena. "Ci penso io. Ci penso io."

Il Dottor Surnen corse al suo fianco con la bacchetta ReGen, ma io lo ignorai. Dovevo trovare una soluzione. Ora. Ora, cazzo.

Era come un sogno, un incubo al rallentatore da cui non potevo svegliarmi. Mi sedetti sullo sgabello e aprii il quaderno degli appunti. Osservai i miei disegni, i miei dati, ripensai alla condizione dormiente delle cellule di Ryston e alle cellule attive, tossiche che avrebbero ucciso il mio compagno se non avessi trovato una soluzione.

"Dottore?"

"Sì?" Era inginocchiato di fianco a Maxim, ma io non avevo bisogno di lui in persona, solo del suo cervello.

"Hai detto che gli impianti dello Sciame sono controllati da una speciale frequenza utilizzata dallo Sciame per tutti i loro soldati biosintetici?"

"Sì."

"E allora perché non siete più nella mente dello Sciame? Come avete fatto a spegnerla?"

Il dottore si voltò verso di me. "La Colonia si trova all'interno dello spazio della Coalizione. Nessuna delle frequenze dello Sciame, fino ad ora, è stata in grado di penetrare tanto in profondità nel nostro territorio. Inoltre, questo pianeta fu scelto perché ha una sfera magnetica estremamente potente. Per la comunicazione e il trasporto utilizziamo un sistema speciale di satelliti. Senza, il campo magnetico del pianeta disturberebbe tutto."

Mi morsi il labbro e pensai alle piccole cellule cyborg che nuotavano come dei cazzo di girini. "Quindi, se qualcuno riesce a far giungere fino a qui una frequenza dello Sciame, cosa accadrebbe?"

Il dottore scosse il capo, ma fu Ryston a rispondere. "È impossibile."

"Perché? Come la monitorate? Come potreste fare a saperlo?"

Ryston assottigliò gli occhi. "No. Io lavoro con la sicurezza, Rachel. Non eseguiamo delle scansioni per quello. In sessant'anni, lo Sciame non è mai riuscito a trasmettere le proprie frequenze fin qui. Non possono penetrare."

Guardai i vetrini, poi di nuovo il mio secondo compagno. "Beh, qualcosa sta penetrando eccome. I tuoi impianti sono ancora morti. Una poltiglia morta. Ma quelli di Maxim? O quelli del capitano? Le loro cellule sono vive. Si muovono, si dividono, si allargano. Qualcosa le ha riaccese."

"Dèi, no." Il dottore barcollò, come se avessi rilevato un orrore indicibile. Ma Ryston si alzò come l'angelo della vendetta, spavaldo e infuriato. Dio, era magnifico.

"Puoi trovarlo? Qualcuno sta trasmettendo. Se non lo spegniamo, vi ucciderà tutti quanti."

"Forse vogliono ucciderci, o forse vogliono ridurci in schiavitù," aggiunge il dottore. "Non lo sappiamo."

Non ci avevo pensato. "Vi vogliono indietro?"

Ryston si avvicinò alla stazione di comunicazione vicino alla porta. "Certo. Abbiamo un intero pianeta pieno di soldati integrati. Materiale biologico già elaborato, pronto per essere controllato. È per questo che non ci avevano mai permesso di tornare a casa. Era questo quello che tutti temevano, che in qualche modo riuscissero a trovare il modo di riaccenderci, di prendere il controllo dei nostri corpi e delle nostre menti. Usarci come assassini."

Ryston sollevò la mano e chiamò qualcuno del suo team. "Cerca tutte le frequenze dello Sciame conosciute."

Dopo meno di un minuto, una sfilza di imprecazioni attraversò lo speaker riempiendo la stanza. "Capitano. Abbiamo trovato qualcosa. Inviamo un team per investigare."

"Dove?" chiese Ryston.

"Unità medica."

Mi girai verso il mio dottore, verso il mio compagno. Puzzle risolto. Non potevo trovare cosa trasmetteva, e non potevo rintracciare i gadget dello Sciame. Avevo fatto il mio lavoro. "Dottore. Come si spegne quella merda? Dev'esserci un momento per spegnerla prima che lo uccida."

"Certo. Certo." Come intontito, il dottore corse verso un cassetto che uscì dal muro liscio. Prese un altro gadget a forma di bacchetta e ritornò da Maxim. Io mi inginocchiai sul pavimento e poggiai la testa del mio compagno sulle ginocchia. "Resta con me, baby. Resisti. Sono qui. Non lasciarmi."

Il dottore accese il dispositivo e lo passò sul corpo di Maxim, e la lucina rossa si fece blu. "Che cosa stai facendo?"

"Questo creerà un campo magnetico che cancellerà i programmi dello Sciame a livello cellulare, rendendoli inattivi."

Tre uomini enormi fecero irruzione nella stanza. Ryston tese la mano e uno della sicurezza gli passò una specie di scanner. Ryston lo accese e i quattro si precipitarono immediatamente in un'altra stanza.

Tornarono che non erano passati neanche due minuti. Ryston stringeva in mano qualcosa di poco più grande di una pallina da golf. "Gli strappo il cazzo e glielo ficco in gola."

"Chi, Capitano?"

Il dottore sollevò lo sguardo e sospirò. "Quello appartiene a Krael. Il mio assistente."

Sbattei lentamente le palpebre. Stava dicendo sul serio? Quell'inutile idiota che mi aveva asfissiata? "Krael?"

"Temo di sì."

Ryston guardò gli uomini del suo team. "Prendetelo. Lo voglio vivo."

"Sì, signore." I tre uomini uscirono tutti insieme e un brivido freddo e completamente irrazionale mi corse lungo la schiena quando pensai che anche Ryston se ne sarebbe andato. Riconobbi quella sensazione, era la stessa che avevo sentito in prigione. Terrore. Solitudine.

Avevo bisogno dei miei compagni. Di entrambi. Erano impetuosi e protettivi e più forti di quanto io non sarei mai stata. Mi ero abituata ad averli al mio fianco. Pensare a Ryston che se ne andava con Maxim mi faceva male. Mi avrebbero lasciata sola?

Mi sentii debole e sciocca, ma l'idea di non averlo vicino mi fece quasi fermare il cuore. Volevo che restasse. Avevo bisogno di lui. Ma non glielo avrei chiesto. Non potevo farlo. Non quando aveva un lavoro da fare. Non l'avrei fermato. "Ryston."

Ryston mi venne incontro e si accovacciò al mio fianco. Mi poggiò la mano grande e calda sulla spalla, e bastò quello a farmi calmare. "Non ti lascerò, Rachel. Non me andrò mai, specie se hai bisogno di me."

Le lacrime mi scesero in modo automatico, un fiume silenzioso che mi scorreva lungo le guance. Le ignorai. Le lasciai cadere. Non avrei impedito al tocco di Maxim di asciugarle.

Ryston chiese al dottore: "Ce la farà?"

Il dottore annuì e, in un istante, riuscii di nuovo a respirare. "Sì. Avrà bisogno di eseguire un ciclo completo all'interno della capsula ReGen, ma ora che abbiamo bloccato il processo di riattivazione, sopravvivrà." Il dottore guardò me. "Grazie a te, Lady Rone."

Guardia Ryston, il corpo che mi bruciava in parti uguali di sollievo e amore. Un amore cocente, che mi consumava, l'amore che provavo per il mio secondo, con il suo temperamento e la sua passione. Maxim era il mio cuore, la mia casa.

Ma Ryston era il mio fuoco. Avevo bisogno di entrambi. "Ti amo."

Mi portò la mano sul collare, e nei suoi occhi scorsi uno sguardo che non avevo mai visto prima. "Lo so, amore mio. Lo so."

14

Maxim, tre giorni dopo

"Sono pronta per essere reclamata," disse Rachel.

Le sue parole mi bloccarono. Le gambe, la mente. Ma risvegliarono il mio cazzo. Tutti i maschi Prillon aspettavano con ansia che la loro compagna dicesse loro quelle esatte parole. *Sono pronta per essere reclamata.*

Facendo così, Rachel sarebbe stata nostra. Per sempre. Il suo collare da nero sarebbe diventato color bronzo. Come il mio e quello di Ryston. E avrebbe detto a tutti quanti che lei ora era ufficialmente Lady Rone, che lei ci accettava, ci voleva. No, cazzo, che aveva bisogno di noi e non ci avrebbe mai lasciati andare.

Ryston doveva star pensando le stesse cose. Attraverso il collare percepii la sua sorpresa e la sua voglia palese, e le sue parole mi confermarono questi sentimenti. "Che cosa vuoi dire, Rachel? Reclamata? Vuoi diventare nostra per sempre? Vuoi farti scopare da entrambi e farti riempire con il nostro seme? Vuoi connetterci come un tutt'uno? Dobbiamo esserne sicuri."

Rachel si morse il labbro e annuì. "Sì, reclamatemi."

Percepivo il suo nervosismo, tuttavia, al di sotto, scorgevo una confidenza incrollabile. "C'è qualcosa che ti lascia insicura."

Si porto le dita al collare. Non vedevo l'ora che diventasse del colore del bronzo, del colore della mia famiglia. *Mia*.

"Io voglio essere vostra. Di entrambi. Voglio che mi scopiate allo stesso tempo. Ma ciò mi rende nervosa. Voglio dire... ce l'avete così grosso."

Un sospiro profondo mi scappò dalle labbra portandosi via tutte le mie preoccupazioni. Avevo speso un'intera giornata in una capsula ReGen e un altro giorno a riposo. Ryston e Rachel si erano presi cura di me, ma sembrava che oggi Rachel non avesse tempo per le coccole. Stavo bene, dentro di me non rimaneva nessuna traccia del tessuto riattivato. Lei mi aveva salvato. Anche se Krael era riuscito a scappare prima che riuscissimo a scoprire la verità, adesso conoscevamo il piano generale, sapevamo che il male esisteva in mezzo a noi e che dovevamo stare attenti. Per ora, però, sulla Colonia era tornata la pace. E la mia compagna voleva venire reclamata. E chi ero io per dirle di no?

"Non devi lusingarci, compagna. Siamo già tuoi."

Alzò gli occhi al cielo e sorrise, poi si morse di nuovo il labbro. "E se non posso farlo? Prendervi tutti e due, voglio dire."

Ryston si mise davanti a lei e le accarezzò la guancia con un dito. "Ti ho preparata per bene, no? I divaricatori, le mie dita? Puoi prendere il cazzo di Maxim e un divaricatore enorme allo stesso tempo."

Guardò Ryston come se potesse vedergli il cazzo attraverso l'armatura. "Ma tu ce l'hai molto più grosso."

Ryston sorrise. "Sì, è vero. Dovrai fidarti di noi."

Rachel lo guardò negli occhi.

"Ti fidi dei tuoi compagni? Ci prenderemo cura noi di te, in tutto e per tutto, incluso il piacere."

Lei mi guardò e io vidi che la diffidenza veniva spazzata via. Restavano solo il desiderio e l'eccitazione. "Sì."

Annuì e il mio cazzo cominciò a gonfiarsi. Lei ci voleva. Aveva bisogno di noi. Si fidava di noi.

"Allora ci vediamo alla cerimonia," disse Ryston uscendo dalla stanza. La porta si chiuse silenziosamente dietro di lui.

"Cerimonia?" chiese lei indicando la camera da letto. "Non possiamo andare lì e, beh, darci dentro?"

Mi misi a ridere. Anche se da quando lei era arrivata sulla Colonia non erano successe molte cose divertenti, lei riusciva sempre a rallegrarmi, a calmarmi. A salvarmi.

"Quando un guerriero Prillon reclama la sua compagna, la cerimonia è un evento pubblico."

"Un evento pubblico?" ripeté lei con voce squillante.

"Assisteranno tutti quelli che avranno l'onore di venire scelti dai guerrieri, amici fidati che benediranno e proteggeranno la loro unione. Ma per noi non ci sarà privacy. Io sono il Governatore di questa base. In quanto leader, la mia cerimonia deve essere aperta a tutti. Devo accettare la benedizione di tutti quelli che la offrono."

"Il collare diventerà di un altro colore." Ci passò sopra il dito. "Non basta quello a far sapere a tutti che sono stata reclamata?"

Scossi il capo. "È diritto di ogni cittadino Prillon di assistere alla cerimonia, vedere la forza del nostro legame e sapere che sia io che il mio secondo siamo degni. Degni di guidare questa base, di aiutare a governare sulla Colonia."

"Sì, ma non hanno bisogno di vedermi mentre... voglio dire, è una cosa privata!"

Sì, affondare il cazzo nella sua fica bagnata mentre Ryston reclamava il suo culetto vergine per la prima volta era una faccenda privata. Ma era anche l'atto definitivo che serviva a sancire il nostro legame, la sua resa era una parte importante del rituale, la proclamazione pubblica che diceva a tutti che lei era nostra. Che, tra tutte le donne dell'universo, lei era la nostra. Versare il nostro seme dentro di lei avrebbe detto a tutti che lei era stata già scelta, che nessuno mai avrebbe potuto mettersi tra di noi. Nessuno avrebbe dubitato della nostra unione. Mai.

"Forse sono le tue tradizioni terrestri a farti ragionare così. In quanto Prillon, non ti sto mostrando a tutti per svergognarti. Sto mostrando a tutti la mia compagna, il fatto che sono orgoglioso di poterti reclamare assieme a Ryston, che tu appartieni a me, a noi. Sono fiero di te, Rachel della Terra. Tu sei mia, e io voglio che lo sappiano tutti quanti. Che mi invidino. Che ti desiderino tanto quanto ti desidero io.

Lei si allontanò e prese a camminare in tondo. Sentivo i suoi pensieri, la sua diffidenza. Io volevo che lei fosse orgogliosa di poter condividere il nostro legame con tutti gli abitanti della Base 3. Volevo che salisse sul letto cerimoniale ansiosa di provare la vicinanza del nostro legame, provare a tutti che lei desiderava soltanto noi. Che volesse scopare davanti a tutti, così da non lasciare il minimo dubbio. Lei era nostra.

Non appena tutti quei pensieri mi si posarono nella mente, lei si fermò e si voltò verso di me.

"D'accordo. Va bene."

Sollevò il mento e mi guardò negli occhi. "Lo capisco. Anzi, sono grata che ci siano i collari. Dovrebbero usarli anche sulla Terra. Senza, dubito fortemente che riuscirei a comprendere le profondità della tua mente di maschio. Così complessa eppure, allo stesso tempo, così semplice. Non mi stai dando via come un regalo da niente. Tu vuoi custodirmi come un tesoro, vuoi mostrare al tuo popolo quanto io valgo per te."

Sospirai. "Sì, compagna. Esattamente. Non è la legge, puoi sempre rifiutarti." Inclinai il mento verso la camera da letto. "Ryston può tornare qui e possiamo reclamarti in privato. Fidati di me, ti piacerà immensamente."

Rachel scosse il capo e disse: "No. È importante per te, per tutti noi. Mi fido di voi."

"Allora devi prepararti."

Si accigliò. "E come?"

Il mio crebbe a dismisura e le palle cominciarono a farmi male, piene di quel seme che era solo e soltanto per lei. "Spogliati."

―――

R*ACHEL*

R*YSTON AVEVA FATTO PRESTO A PREPARARE* la cerimonia di reclamazione. Dire che ero nervosa era un eufemismo bello e buono. L'idea di prendere entrambi i miei compagni, allo stesso tempo, era così eccitante che quasi mi fece dimenticare che a guardarci ci sarebbe stata una folla di persone. Quasi.

Ma io mi fidavo dei miei compagni. Percepivo il bisogno che avevano di me. Maxim aveva ragione, la mia educazione mi aveva fatto vedere la cerimonia in modo distorto. Sembrava che volessero semplicemente che i loro amici si masturbassero a spese mie, che mi guardassero mentre venivo scopata. I terrestri mi avrebbero considerato una zoccola. Ero una puttana da mettere in bella mostra.

Ma sulla Colonia, con i guerrieri Prillon? Niente di tutto ciò. Avevo imparato immediatamente che nessuno mai mi avrebbe sminuita. Anzi, i miei compagni non facevano che elevarmi, e io qui mi sentivo più rispettata e amata di quanto non mi fossi mai sentita sulla Terra.

Mi volevano, e non solo per il mio corpo – i miei compagni mi avevano detto ancora e ancora quanto ardentemente mi desiderassero – ma anche per la mia mente. Qui io ero una risorsa. Non mi avrebbero incastrata per un crimine che non avevo commesso. Nessuno mi avrebbe rubato le mie idee. Tutti i guerrieri, per quanto maschi alfa estremamente autoritari – sembravano nati dentro le caverne – erano anche i tizi meno sciovinisti che avessi mai incontrato. Sì, erano cortesi, ligi alla cavalleria, ma in un modo che me li faceva adorare.

Se avessero scoperto quello che succedeva con le donne sulla Terra, non avevo dubbi che sarebbero stati i primi a sollevarsi in protesta.

Ma questa non era la Terra. Questa era la Colonia, e i miei uomini mi volevano. E io volevo loro. Volevo che mi reclamassero. Finalmente. Non si tornava indietro. Non si cambiava idea. Volevo che i nostri collari fossero tutti uguali. Volevo che tutti e due mi scopassero allo stesso tempo.

L'ultimo pensiero fece gemere Maxim. Forse non mi sarei mai abituata al fatto che riuscissero a sentire i miei pensieri. Ma aiutava. Sapevano che, anche se ero nervosa, volevo farlo.

Volevo che mi mettessero in mostra, che mettessero in mostra il legame che ci univa.

"È pronta," disse Ryston venendomi incontro.

Dopo che mi ero spogliata, Maxim mi aveva avvolta in una pesante veste che mi copriva completamente. Mi condusse lungo il corridoio, verso un'ampia sala. Sì, era questa la sala della reclamazione. Va bene. Era come un teatro, col palcoscenico al centro tutto circondato da sedie. Ma al centro non c'era un palcoscenico, ma un letto. Un letto enorme, con le lenzuola nere, soffici e setose. La stanza era calda, il che era un bene, dal momento che ero sicura che sarei stata completamente nuda. Guardai i guerrieri che in silenzio mi osservavano dai loro posti. In attesa.

Ryston mi afferrò il mento e mi costrinse a guardarlo negli occhi. "Qui non c'è nessun altro. Ci siamo solo noi."

Maxim mi tolse le mani dalle spalle e si mise di fianco al suo secondo. I loro enormi corpi mi impedivano di vedere quello che c'era dietro, sebbene il flebile mormorio proseguiva. Riuscivo a sentire la voci che si univano in un coro sussurrato. *Reclamatela. Reclamatela. Reclamatela.*

"Possiamo farlo in privato," mi disse di nuovo Maxim. "Nessuno ti biasimerà per questo."

Erano così generosi. Questo era molto importante per loro. Condividere questa cerimonia, farmi loro. Avevano fatto così tanto per me. E io potevo fare questo per loro. Non sarebbe stato doloroso. Anzi, l'opposto.

"No. Voglio farlo." Guardai i miei compagni. "Vi voglio, tutti e due."

Le mie parole diedero loro piacere, e sapevo che tutto ciò era giusto.

Maxim mi afferrò la mano e drizzò le spalle. "Accetti la mia rivendicazione, compagna?" La sua voce era potente, e tutti nella sala lo udirono. Calò il silenzio. "Ti concedi liberamente a me e al mio secondo, oppure desideri scegliere un altro compagno?"

Mi aspettavo la prima domanda, ma non la seconda. L'idea mi preoccupò.

"Non desidero nessun'altro," dissi velocemente. Quando capii che si trattava di una semplice formalità, feci un respiro profondo e parlai con voce forte e chiara. Con orgoglio. "Mi concedo a te e al tuo secondo. Accetto la tua rivendicazione."

Il canto tornò a farsi sentire e io sperai che facesse tutto parte della tradizione. Dovevo scopare mentre cantavano?

"Allora ti reclamiamo in modo ufficiale. Tu sei mia, e ucciderò qualunque altro guerriero osi toccarti."

Amavo quella sua possessività. Mi eccitava. Mi faceva bagnare.

"Vieni." Ryston sollevò un pezzo di stoffa nero. "Per i tuoi occhi."

Volevano bendarmi? L'idea era pietrificante ed eccitante allo stesso tempo.

"Fidati di noi," disse Maxim con voce bassa, così che solo io potessi udirlo. Mi guardò negli occhi.

Annuii, chiusi gli occhi, Ryston mi mise la stoffa morbida sugli occhi, e la legò.

"È troppo stretta?" chiese quando ebbe finito.

Non potevo vedere niente, nemmeno uno sbaffo di luce. Né i guerrieri che ci stavano guardando. Era stretta, ma non scomoda.

"No."

Sentii che uno di loro si posizionava dietro di me e mi slacciava la pesante veste. Il materiale scivolò a terra ammucchiandosi attorno ai miei piedi.

Avrei dovuto coprirmi con le mani, ma loro cominciarono subito a toccarmi, ad accarezzarmi le braccia, i fianchi, la vita, il sedere. Il loro tocco era gentile e confortante. Non so per quanto tempo continuarono, ma quando rilassai i muscoli e mi abbandonai alle loro mani, mi sollevarono e mi posizionarono con gentilezza sul letto.

Uno di loro si unì a me, e sentii il suo corpo che premeva contro il mio.

"Lasciati andare, compagna," sussurrò Maxim. "Lascia andare ogni tuo pensiero. Affidati alle sensazioni. Senti attraverso le nostre mani, le nostre bocche, i nostri cazzi. Il collare. Sei bellissima, e preziosa. E sei nostra."

Quelle parole erano un'affermazione più per me che per tutti i guerrieri presenti nella stanza.

Allora mi rilassai, mi rilassai ancor di più, senza nemmeno accorgermi di quanto tesa fossi stata.

"Brava ragazza."

Mi baciò, un bacio oscuro e carnale. Era come se la mia accettazione avesse scatenato il suo bisogno. Si era trattenuto fino ad ora. Per me.

"Sì," mormorai contro le sue labbra. "Ti prego."

Mi fece mettere su di lui, mi spinse in su per farsi cavalcare, il cazzo appoggiato sulla mia fica spalancata. Delle mani ruvide mi afferrarono i seni e giocarono con i miei capezzoli. Sussultai sentendo altre mani. Ryston.

Si sistemò dietro di me. Allungò una mano e mi afferrò la fica.

"È bagnatissima."

Maxim gemette continuando a tirarmi e a torcermi i capezzoli. "Lo so. Ce l'ho su tutto il cazzo."

Non potevo restare ferma, dovetti ondeggiare i fianchi sulle dita agili di Ryston. Mi portarono vicinissima all'orgasmo, la pelle ricoperta di sudore. Le mie grida coprirono i canti degli spettatori.

Quando ero sul punto di venire, entrambi si ritrassero e mi lasciarono seduta in cima a Maxim. Alla deriva.

"No," gridai.

"Shhh," mi disse Ryston per confortarmi, la voce vicina al mio orecchio. "Verremo insieme. È così che deve essere."

Gemetti, sapendo che non avrebbero cambiato idea.

"È questo il momento," disse Maxim con un ruggito.

Delle mani mi afferrarono la vita e mi sollevarono. Sentii la grossa punta del cazzo di Maxim che mi premeva contro la fica. "Sì."

Ondeggiai i fianchi, ansiosa di abbassarmi su di lui, di sentire che mi penetrava. Lui mi aprì per bene e si infilò dentro di me, centimetro dopo centimetro, allargandomi. Dio, amavo averlo dentro di me. Contrassi la fica, volevo prenderlo ancora più a fondo.

Avevo imparato che dovevo sporgermi in avanti se volevo prenderlo tutto quanto, e così feci, e Maxim gemette e mi strinse i seni. Sapevo che era lui, perché Ryston mi aveva afferrato il sedere per spalancarmi le natiche. Sentii un dito unto scivolare sulla mia entrata posteriore, ancora e ancora, che cercava di allargarmi e di penetrarmi. Tolse il dito e sentii uno zampillo fluido. Lubrificante. Il suo dito ritornò e mi penetrò con facilità. Mi cosparse di lubrificante infilandomi prima un dito, poi due, il tutto mentre Maxim mi sollevava e mi abbassava lentamente, scopandomi.

Ero stabile, in equilibrio sul suo cazzo, le sue mani sui miei seni. E mi sentivo protetta e al sicuro sentendo il petto nudo di Ryston premere contro la mia schiena.

Solo ora mi ero accorta che anche loro si erano spogliati. Erano stati vestiti quando mi avevano bendata. Maxim aveva ragione, avevo spento il cervello, proprio come voleva lui. Chissà cosa stavano pensano i guerrieri mentre –

"Oh, Dio," dissi gemendo. Ora non erano più le dita di

La schiava dei cyborg

Ryston che premevano per entrare, ma la punta liscia del suo cazzo. Ora c'era un cazzo enorme che mi spingeva, non un divaricatore. Sarebbe entrato. Lo volevo, ne avevo bisogno.

"Rilassati. Shhh. Espira. Brava ragazza," mi disse dolcemente Ryston. Premeva, si ritraeva, poi tornava di nuovo a premere.

Maxim si fermò per permettere a Ryston di aprirmi un po' alla volta fino a quando, d'improvviso, il suo cazzo entrò dentro di me.

Espirò. Sapevo che ero stretta. Lo sapevamo tutti. Avevo due cazzi dentro di me. Non fino in fondo, non ancora, ma... wow.

Ero così piena. Dio, non mi ero mai sentita così prima d'ora. Era oscuro e carnale e perverso e malizioso. E bellissimo.

Ansimavo provando a rilassarmi, grata che mi avessero preparata a dovere nei giorni scorsi. Un mano mi accarezzò la schiena e sentii il petto di Ryston premermi sulla pelle sudata. Si mosse penetrandomi un po' più a fondo.

"Io... oh. È –"

"Lo sappiamo," disse Maxim. "Lasciati penetrare fino in fondo. Così potremo scoparti."

La sua voce rauca mi diceva che si stava trattenendo, e che gli costava parecchio. Sentii i suoi fianchi muoversi, ma niente di più.

Ryston cominciò a scoparmi e mi disse con un sussurro: *Brava ragazza. Sei una meraviglia. Sento che il cazzo di Maxim ti scopa a dovere. Puoi prenderci. Ti rivendicheremo, ti marchieremo con il nostro seme. Sì. Dèi, sì.*

E allora mi penetrò fino in fondo. Lo fecero entrambi. Faceva un po' male, bruciava, ma era una sensazione deliziosa e incredibile. I collari mi nutrivano con il piacere dei miei compagni, e sapevo che loro desideravano questo sopra a ogni altra cosa. Solo ora capivo cosa significasse questa cerimonia per loro, che ne avevano bisogno, che avevano bisogno di condividermi. Di mostrare al pianeta come io ci connettevo tutti e tre.

Ryston indietreggiò un po', e Maxim mi penetrò fino in fondo.

Aprii gli occhi dietro la benda e capii che dovevo vederli. Mi strappai la benda e sbattei le palpebre mentre loro continuavano a muoversi. Dentro. Fuori. Alternandosi.

Guardai Maxim. Era così vicino. I suoi occhi, di solito scuri, ora erano neri come la notte. La mascella contratta con forza, la pelle brillante per il sudore.

Togliendomi la benda l'avevo reso felice. Volevo vederli, e lui voleva vedere me. Al diavolo gli spettatori.

Sollevò l'angolo della bocca. "Ora posso vederti mentre vieni, posso vedere i tuoi occhi in preda al piacere. Mentre il tuo collare cambia colore."

"Sì," dissi ansimando.

"Sei bellissima," mormorò Ryston. "Perfetta."

Guardai Ryston e lui si sporse verso di me per darmi un bacio. Mi ficcò la lingua in bocca così come il suo cazzo si affondava nel mio culo.

I rumori della nostra scopata riempirono la stanza. Non sentivo più il canto. Sentivo solo i respiri dei miei compagni, i loro fianchi che mi martellavano, i loro cazzi che facevano dentro e fuori.

Il nostro desiderio si turbinò e si innalzò, sempre di più. Ora sapevo perché Ryston aveva insistito tanto per farci venire insieme. I nostri desideri ci nutrivano. Non sarebbe stato un semplice orgasmo, sarebbe stata una reclamazione.

"Vi prego. Ora," li implorai.

Ryston affondò dentro di me, una volta, due. Poi si fermò.

Maxim sollevò i fianchi dal letto e mi impalò.

Gridai. Loro gemettero. Il piacere mi accecò.

Le loro mani mi afferrarono, mi bloccarono mentre il loro seme veniva spruzzato dentro di me, una serie di caldi spruzzi che mi riempirono fino all'orlo. Sentii la rivendicazione, la percepii. Anche se non potevo vedere il collare, sapevo che aveva cambiato colore. Mi sentivo diversa. E attraverso la nostra connessione udii: "*Mia*. Mia."

Il piacere era immenso. Caddi sul petto di Maxim e fui avvolta dalle tenebre.

EPILOGO

Rachel, 3 mesi dopo

"Il CEO è stato portato via in manette." La voce della Custode Egara mi raggiunse attraverso l'altoparlante mentre sullo schermo apparivano le immagini dell'uomo che veniva arrestato. Di fianco a lui, la testa abbassata per la vergogna, c'era il presidente della compagnia. La stessa donna che avevo cercato di contattare per segnalare il problema. La donna a cui mi ero affidata, convinta che avrebbe fatto la cosa giusta.

Eravamo in piedi nel centro di comando, connessi al Centro Elaborazione Spose della Terra. Anche se stavo bene e ed ero stata reclamata – mi sentivo posseduta, conquistata e *reclamata* in così tanti posti – avevo ancora bisogno di dire addio alla mia casa.

No. La Terra non era più la mia casa. La mia casa era dove c'erano Maxim e Ryston. La mia casa era la Colonia.

"John ha fatto vedere le prove che hai raccolto alle

persone giuste, le persone che non erano sul loro libro paga. Le ha messe sul web e le ha inviate a molteplici organi di informazione. So che un sacco di persone sono morte, Rachel, ma grazie a te e a John, molti altri saranno salvati. Quella pillola è stata ufficialmente ritirata dal mercato. E, si spera, la prossima volta chi di dovere prenderà la decisione giusta."

Nelle parole della custode scorsi soddisfazione, un senso di vendetta. Avevo ragione. La verità doveva venire a galla, ma a un prezzo enorme.

"E che ne è del nome della nostra compagna? Del suo onore?" chiese Maxim.

"È stata assolta da tutte le accuse. La sua fedina penale è pulita."

Ryston mi abbracciò. I miei compagni erano tanto contenti quanto me, se non di più. Il mio buon nome era tornato ad essere mio. Per loro l'onore era di cruciale importanza.

"La verità si sta diffondendo. Anzi, ormai è virale. Scusate il gioco di parole." La custode sorrise e io non potei fare a meno di scoppiare a ridere.

"Sei felice, Rachel?" chiese la custode. Nei suoi occhi scorsi un accenno di malinconia. Sapevo che era stata abbinata a due guerrieri Prillon, proprio come me. Ma i miei erano vivi, e uno era qui che mi stringeva a sé.

Maxim si avvicinò e mi diede un bacio sulla fronte. Anche lui percepiva la tristezza della custode.

"Sì. Avevi ragione. Essere la compagna di un guerriero Prillon è... la cosa migliore del mondo."

"Sono contenta, e così anche il Programma Spose Interstellari."

Sapevo che aveva aggiunto l'ultima parte solo per sembrare più ufficiale, ma sapevo anche che lei era felice per me a un livello personale. Felice, ma anche triste. Non potevo neanche immaginare l'inferno che aveva passato quando aveva perso entrambi i suoi compagni.

"Il Prime Nial l'ha contattata, Custode?" chiese Maxim.

"Sì, Governatore. Il divieto è stato rimosso. I guerrieri che si sono sottoposti ai test sono stati aggiunti di nuovo al database, con efficacia immediata."

"Eccellente." Maxim sorrise, lui che non sorrideva mai. Vederlo così felice rendeva me felice. Ci teneva profondamente ai suoi guerrieri, e ora anche io.

"Grazie, Custode. Manda qualche fidanzata, per favore," aggiunsi io.

"Ma certo, Rachel. Vi auguro ogni bene." La Custode Egara annuì sorridendo e lo schermo si fece nero.

"Sei stata vendicata, compagna." Il sussurro di Ryston fu come una brezza fresca che spazzò via mesi di stress e preoccupazione. In qualche modo mi sentivo più pulita. Rinnovata. Speranzosa. Ottimista. Tutte quelle cose che pensavo di aver perso per sempre.

"Governatore." La voce giunse attraverso l'unità di comunicazione di Ryston.

"Parla pure."

"Hai un visitatore nella stanza di trasporto."

Guardai Maxim e capii che non stava aspettando nessuno. Lo percepii anche. Dio, ci sarebbe voluto del tempo per abituarsi al potere dei collari.

"Andiamo a vedere," gli dissi.

Lui mi condusse attraverso il dedalo di corridoi verso la stanza di trasporto. Quando la porta si aprì, vide la donna che era lì in piedi, ma non entrò. La porta stava per chiudersi, ma io entrai. Presi la mano di Maxim e lo tirai. Ryston era subito dietro di lui.

Il collare ora mi fu d'aiuto. Sentivo così tante cose.

Amore, rabbia, tradimento, frustrazione, freddezza, gioia. Era travolgente.

"Madre," disse Maxim.

Questa donna era la madre di Maxim? Sì, guardandola da vicino, la riconobbi. Assomigliava a suo figlio.

La donna posò momentaneamente gli occhi su Maxim, ma subito dopo guardò me. Sentii i suoi occhi indagatori. Non avevo bisogno del collare. Io ero la compagna di suo figlio, ed ero certa che mi avrebbe criticata.

"Che cosa ci fai qui?" chiese Maxim posizionandosi al mio fianco. Non avrebbe mai lasciato che qualcuno mi intimidisse, nemmeno sua madre. L'amore mi inondò, l'amore che provavo per questo guerriero forte e protettivo, e feci in modo che lui lo sentisse attraverso il collare come una cannonata.

"Avevi ragione, l'ultima volta che abbiamo parlato. La tua vita è qui. Non voglio che tu rimanga qui sulla Colonia solo perché ti hanno esiliato. Non appena la legge è cambiata, subito ho desiderato che tu ritornassi a casa. Ma ho capito che ora questa è la tua casa."

Maxim mi tirò a sé. "La mia casa è *qui* con Rachel. E Ryston."

La donna guardò Ryston. Lui si avvicinò e mi poggiò la mano sul collo.

"Sì. È così. Da quello che ho sentito, sei un leader molto capace."

Grazie."

Maxim parlava con voce monotona, ma riuscivo a sentire il suo sollievo, un lieve scongelamento nel suo atteggiamento.

"Ho capito anche che il centro di trasporto funziona sia in entrata che in uscita. Puoi tornare su Prillon Prime, e io posso venire qui. Volevo conoscere la tua compagna e, presto, anche i tuoi bambini."

Maxim restò in silenzio, e scorsi la vulnerabilità nei suoi occhi.

"Va tutto bene?"

"Sì, Madre. Sarebbe perfetto."

Lei sorrise e mi accorsi di quanto fosse amorevole. Non era fredda, lo Sciame l'aveva ferita in un modo in cui solo la madre di un veterano poteva essere ferita. Insieme all'esilio, le cose per loro erano state difficili. Ora avevano la possibilità di diventare di nuovo una famiglia. Tutti noi.

Sentii che Ryston mi stringeva la mano attorno al collo, un accenno di gelosia che avvampava con forza.

"Non sono venuto da sola," aggiunse lei. Girò la testa e guardò in un angolo, dove c'era in piedi un'altra donna Prillon.

Ryston abbassò la mano. Lo sentii andare nel panico.

Guardai la donna e mi misi tra di lei e il mio secondo compagno. Chiunque lei fosse, aveva ferito Ryston. Profondamente.

Si schiarì la gola. "Madre."

Oh, Dio. Questa era la donna che l'aveva abbandonato. Che aveva rinunciato a lui.

Aveva il viso rigato di lacrime.

"Ma guardati," sussurrò lei. Fece un passo in avanti e tese la mano.

Io mi spostai e Maxim mi tirò verso di lui, lasciando che Ryston affrontasse sua madre per conto proprio. Noi eravamo vicini, ma questo era un confronto che dovevano avere solo loro. Non importava quale sarebbe stato il risultato, io e Maxim avremmo aspettato.

"Così grande e coraggioso." Si schiarì la gola e guardò il pavimento. "Mi dispiace."

Sentii il muro che avvolgeva il cuore di Ryston che si rompeva. Faceva male, e mi aggrappai a Maxim.

"Non ho scuse. Nessuna. Mi è venuta a trovare la madre di Maxim. Praticamente ha dovuto picchiarmi sulla testa per farmi ragionare. Avrei dovuto farlo per conto mio, ma a volte c'è bisogno l'aiuto di qualcun altro."

"Sì. Io l'ho scoperto con Rachel," disse Ryston, la voce quasi rugginosa.

"Io non voglio restare su Prillon Prime. Voglio restare con te, figlio mio."

"Cosa?" chiese lui, stupefatto. "E mio padre?"

Lei lo guardò negli occhi. "Anche lui verrà… ma io avevo bisogno di vederti. Dovevo sapere se mi avessi accettata o no."

"Quelli che non sono stati accettati siamo noi. Noi non lo faremmo mai a qualcun altro," rispose Ryston.

"Se mi vorrai, allora verremo. Sei tu la mia famiglia. Ovunque tu sia. C'è spazio per me?"

Mi rattristai per la donna, per Ryston. Le circostanze li avevano fatti allontanare. Così come le crudele accuse avevano distrutto la mia vita sulla Terra. Eppure quella rovina mi aveva portata qui. Mi aveva donato la gioia. I miei compagni. L'amore. E lo stesso poteva accadere a loro.

"Sì, certo. C'è spazio per tutti."

Si avvicinarono e Ryston avvolse l'esile figura di sua madre con un abbraccio.

Sì, c'era spazio per tutti quanti. Una famiglia, delle vite intrecciate. Era diverso da come me l'ero immaginato, ma non l'avrei fatto in nessun altro modo.

Leggi La compagna dei cyborg ora!

L'agente dell'FBI Kristin Webster ha speso gli ultimi otto anni della sua vita a dare la caccia alla feccia dell'umanità e a sbatterla in prigione. Ne ha viste troppe per riuscire a fidarsi di un uomo, ma la promessa dell'abbinamento perfetto attraverso il Programma Spose Interstellari della Coalizione l'ha convinta a sottoporsi al test e a farsi abbinare a un compagno alieno. Ma Kristin non viene abbinata a un uomo da un pianeta lontano, ma a due guerrieri Prillon sfregiati che vivono sulla Colonia. E quando i guerrieri cominciano a scomparire, Kristin deve prendere la cosa di petto.

I capitani Hunt e Tyran aspettano da troppo a lungo di trovare una compagna per poterle permettere di dare la caccia al male e rischiare la vita. Ma la loro piccola umana non li starà a sentire. Sono determinati a domarla, a reclamarla, a tenerla al sicuro... costi quel che costi.

Leggi La compagna dei cyborg ora!

ISCRIVITI ALLA NEWSLETTER

Iscriviti alla mia mailing list per essere il primo a sapere di nuove uscite, libri gratuiti, prezzi speciali e altri omaggi di autori.

http://ksapublishers.com/s/bw

ALTRI LIBRI DI GRACE GOODWIN

Programma Spose Interstellari

Dominata dai suoi amanti

Il compagno prescelto

La compagna dei guerrieri

Rivendicata dai suoi amanti

Tra le braccia dei suoi amanti

Unita alla bestia

Domata dalla bestia

La compagna dei Viken

Il Figlio Segreto

Amata dalla bestia

L'amante dei Viken

Lottando per lei

Programma Spose Interstellari: La Colonia

La schiava dei cyborg

La compagna dei cyborg

Sedotta dal Cyborg

La sua bestia cyborg

ALSO BY GRACE GOODWIN

Interstellar Brides® Program

Assigned a Mate

Mated to the Warriors

Claimed by Her Mates

Taken by Her Mates

Mated to the Beast

Mastered by Her Mates

Tamed by the Beast

Mated to the Vikens

Her Mate's Secret Baby

Mating Fever

Her Viken Mates

Fighting For Their Mate

Her Rogue Mates

Claimed By The Vikens

The Commanders' Mate

Matched and Mated

Hunted

Viken Command

The Rebel and the Rogue

Interstellar Brides® Program: The Colony

Surrender to the Cyborgs

Mated to the Cyborgs

Cyborg Seduction

Her Cyborg Beast

Cyborg Fever

Rogue Cyborg

Cyborg's Secret Baby

Her Cyborg Warriors

Interstellar Brides® Program: The Virgins

The Alien's Mate

His Virgin Mate

Claiming His Virgin

His Virgin Bride

His Virgin Princess

Interstellar Brides® Program: Ascension Saga

Ascension Saga, book 1

Ascension Saga, book 2

Ascension Saga, book 3

Trinity: Ascension Saga - Volume 1

Ascension Saga, book 4

Ascension Saga, book 5

Ascension Saga, book 6

Faith: Ascension Saga - Volume 2

Ascension Saga, book 7

Ascension Saga, book 8

Ascension Saga, book 9

Destiny: Ascension Saga - Volume 3

Other Books

Their Conquered Bride

Wild Wolf Claiming: A Howl's Romance

I LINK DI GRACE GOODWIN

Puoi seguire Grace Goodwin sul suo sito, sulla sua pagina Facebook, sul suo account Twitter, e sul suo profilo Goodread usando i seguenti link:

Web:

https://gracegoodwin.com

Facebook:

https://www.facebook.com/profile.php?id=100011365683986

Twitter:

https://twitter.com/luvgracegoodwin

Goodreads:

https://www.goodreads.com/author/show/15037285.Grace_Goodwin

L'AUTORE

Grace Goodwin è un'autrice di successo negli Stati Uniti e a livello internazionale, di romanzi di fantascienza e paranormali. I titoli dell'autrice sono disponibili in tutto il mondo in più lingue nel formato e-book, cartaceo, audio e app di lettura. Due migliori amiche, una l'emisfero destro e l'altra quello sinistro, compongono il pluripremiato duo di scrittrici Grace Goodwin. Sono entrambe madri, appassionate di escape room, avide lettrici e intrepide bevitrici delle loro bevande preferite. (Potrebbe esserci o meno una guerra tra tè e caffè in corso durante le loro comunicazioni quotidiane.) Grace ama ricevere commenti dai lettori.

www.ingramcontent.com/pod-product-compliance
Lightning Source LLC
LaVergne TN
LVHW011820060526
838200LV00053B/3842